SV

Albert Ostermaier

Die Liebende

Erzählung

Suhrkamp Verlag

Erste Auflage 2012
Originalausgabe

Satz: Hümmer GmbH, Waldbüttelbrunn
Druck: Druckhaus Nomos, Sinzheim
Printed in Germany
ISBN 978-3-518-42327-1

Die Liebende

in memoriam Michael Althen

Alle die Jahre, und du: meine Liebe, all diese Jahre
hindurch.
All das Warten, und du: mein Schwindligwerden davor:
Es ist nichts, das da altern, nichts, das erkalten kann,
Nichts, was da wartete, dass unser Tod kam,
Nichts, was uns kunstreich befehdete, langsam,
Nichts, was uns fremd bleibt, nicht
Mein Fortsein, nicht mein Wiederkommen.

René Char

I

éclipse
Finsternis

»Was sitzt du da, als wärst du ein Stummer?« Sie schlug das Buch zu, senkte den Blick. Die Lampe blendete sie. Sie hob die Hand, aber die Helligkeit drang durch ihre zitternden, vom Alter gekrümmten Finger. Der Arm schmerzte. »Als könntest du die Freuden in meinem Haus nicht mehr bezahlen«, redete sie mit geschlossenen Augen weiter, die Fingerspitzen strichen über die Münzen auf dem weißen, reflektierenden Tisch, sie lachte auf, »mit dem Kleingeld deiner Geschichten.« Sie zerknüllte den Plastikbecher, Kaffee schwappte auf ihren Handrücken, floss über die Knöchel auf das zerkratzte Resopal, verteilte sich in Flussarme, bevor er sich in einer Mulde an der Tischkante sammelte. Sie öffnete die Augen für einen vorwurfsvollen Blick ins Leere: »Und überweist mir die Schuld an der Armut deiner Gedanken.«
Das Schinkensandwich hatte sie noch nicht aus der Vakuumverpackung geholt, die Salatblätter hingen saftlos über das blasse Brot. »Was zehrst du am eigenen Gemüt, statt nach Essen und Trinken zu greifen? Es ist alles, wie du es bestellt hast, aus dem Katalog des Himmels.« Sie stand auf und ging langsam, mit dem Rücken voran, auf den breiten Spiegel zu.
»Breite ich nicht die Wolken aus, unter deinem müden Haupt? Habe ich dir nicht den Vogel geschlachtet, dessen Flug du mit Schrecken verfolgtest – und Sehnsucht zugleich, wie er in die Lüfte zu steigen? Ich habe seine Eingeweide mit Koriander gewürzt und lasse sie schwimmen

für dich in einer Schale von Wein.« Der Raum schluckte ihre Stimme, nahm sie, zeichnete sie auf. »Wein«, schrie sie, »Wein. Rotwein!« Ein Stich im linken Sprunggelenk ließ sie zusammenfahren, unterbrach ihren Versuch, sich dem Spiegel zu nähern. »Meinst du vielleicht, ich stelle eine andere Falle und flechte mein Haar in deins, um deinen schönen Hals, unter dessen Haut sich die Adern wie die Flüsse des Hades verzweigen, hinab zu deinem Herzen? Warum schlägt es so schnell, wenn meine Hand deine Schenkel berührt?«
Sie setzte sich wieder auf den unbequemen, störrischen Stuhl, dessen rechtes Bein ein wenig kürzer war. »Hast du Angst, mein Kuss wäre ein Pilz und Krusten würden deine Lippen überziehen, bis sie den Algen gleich an meiner Felsenküste aus der Brandung wachsen? In ihren Armen das Treibgut der Gestrandeten. Du stinkst noch immer wie sie.« Sie beugte sich über die silberne Tonbandspule, deren Knöpfe sich weiter drehten. »Hör auf, mich so anzuschauen und mir den Kopf zu verdrehen statt mich zu verstehen!« Der Zeigefinger betastete das Gehäuse. »Warum sollte ich dich in ein Schwein verwandeln und dich mit Gerten schlagen, dass du kommst? Kaum legst du an, so sinnst du schon wieder zu fliehen und dein Schiff zu suchen, das dich hinausträgt, neuen Abenteuern zu, bis du der Nächsten mit deinen geflügelten Worten die Sonne versprichst und ihr die Lippen verbrennst. Aber wieder bist du nur einem Zauber verfallen, und die Götter in ihrer holden Gnade gaben dir das Gegenkraut, das du schluckst, bevor du sie fickst, Odysseus, und sie deinem trojanischen Hengst arglos jubelnd die Tore öffnen. Bis die Nacht kommt. Ich dachte, gegen

mich wäre kein Kraut gewachsen. Schwarz war die Wurzel und weiß wie Milch die Blüte, und tief in der Erde muss man danach graben.« Sie redete zu sich: »Tief in der Erde hätte ich sie vergraben sollen.« Sie bohrte die Faust in den Unterleib, schluchzte und blickte im nächsten Augenblick trotzig auf: »Muss das Licht sein?« Sie hielt das Buch vor die Lampe. »Nah sind und schwer zu fassen deine Götter.« Sie tauchte die Finger in die Kaffeelache und fuhr damit ihre Lippen nach: »Bin ich dir nicht göttlich genug? Ich bot mich dir an, und du bootetst mich aus. Zwischen uns ist eine Wand aus Wellen. Was hast du nicht für Schätze gesammelt, auf den Irrfahrten durch meine Kanäle? Ich weiß, Krieg, Handel und Piraterie, dreieinig sind sie, nicht zu trennen. Aber du trenntest dich von deinen Gefährten, als seien sie der einzige Preis, den du zu zahlen hast – für das Gold in deinen Händen, das Silber deiner Zunge, wenn du die Wahrheit wechseltest gegen den Schein. Ohne alles wirst du nach Hause kehren, und doch reich an Lügen.«
Sie erhob sich, als wolle sie sich wie Wasser bewegen, löste den Knoten im Haar, das in Wellen über die Schulter zur Hüfte floss. Es glitzerte von den goldenen Sternen. Sie spannte die Muskeln an, drückte den Rücken durch, atmete in den Beckenboden. »Ich bin eine schöne Frau. Ich werde immer jung sein. Das Alter ist eine bloße Laune, zufällig und vergänglich.« Sie drehte den Kopf gegen den Spiegel, und für einen Augenblick, einen Lichteinfall, glätteten sich die Falten, die Haut, straffte sie sich wie ein erschöpftes Segel, in das der Wind fährt. Sie streifte mit der Hand übers Haar. »Eine Laune«, hauchte sie und blies einen Handkuss zum Spiegel. »Zeus schuf

den Menschen, weil er ihn träumte. Und jetzt träumt ihr mich hinter euren Scheiben, werft Münzen. Der Mensch vergaß Zeus und baute sich Schiffe, deren Ruder mechanisch schlagen, die Meere zu queren. Aber die Schiffe werden dich vergessen. Sie werden euch vergessen. Wovon werden sie träumen, allein auf See?« Sie tauchte den Finger in den Kaffee und zeichnete einen Körperumriss auf die Tischplatte.
»Welches Ungeheuer wird aus den Fluten wachsen, während du schläfst, in meinen Armen? Die Boten, die du sandtest, kamen zu spät. Oder sie kriechen wie Tiere am Boden. Alles ist zu nah, als dass es die Ferne beschreiben könnte. Sie wollen ein Haar, Monsieur? Sie wollen Haare gefunden haben, von mir? Meine Haare? Glauben Sie, ich verliere Haare, als wäre ein Krebs mit seinen Scheren in meinem Kopf? Ich bin es gewohnt, alleine zu sprechen. Ihr hört mir doch zu. Wie einsam ihr seid, wie einsam du bist. Gib mir dein Haar und ich vervielfältige dich. Und du wirst dir zwischen den Klippen begegnen. Und es wird zu eng für zwei von deinem Maß, und die Einäugigen werden zwei Augen haben und sehen, wie du sie blenden willst. Wie du mich geblendet hast und blendest, meine Augen, die ich nur für dich hatte und mit denen überall und in allem ich nur dich sah.« Sie streckte die Arme, um die Lampe zu drehen, verbrannte sich fast die Finger, aber sie schaffte es. Der Raum verlor seine Schärfe, der Lichtkegel erfasste nun auch die Stuhllehne gegenüber. »Siehst du dieses Glas? Dieses Glas, mit dem du zurückkommen wirst? Jedes seiner Fasern erzählt dir eine Geschichte und spiegelt dein Verlangen. Aber es erzählt dir nichts von dem, was zählt: dem Gift.«

Ein junger Mann betrat den Raum mit zwei Gläsern und einer Flasche Rotwein. Er war groß, blond, ausgewaschene Jeans mit Löchern, die nicht bereits beim Kaufen vorhanden waren, schwarzes T-Shirt, schwarze Bikerjacke, die an seinem Oberkörper saß, als wäre sie aus der Haut herausgewachsen, als hätten die Muskeln keinen Platz mehr gehabt, als hätte das Leder die schwarzen, Nacht für Nacht quälenden Träume aufgesaugt und er könnte sie jetzt als Schutzhaut tragen gegen all die Verwünschungen und Flüche, die sie ihm entgegenspuckte. Früher hatte er sich vorgenommen, die blonden Haare abzurasieren oder zu färben; er war es leid gewesen, als der Engel mit den blauen Augen daherzukommen. Er mochte seine Hände nicht, kam ihm wieder in den Sinn, als er sie betrachtete, wie sie die Gläser und die Flasche trugen. Sie waren zu weiblich, zu filigran. Sie gefielen ihm nur zu Fäusten geballt oder eingewickelt vor dem Boxen. Die Alte beobachtete ihn. Immer bekam er die Verrückten, die Totschlägersänger, die Schauspieler, räkelte er sich in Selbstmitleid, als läge er noch im Bett und müsste sich nur auf die andere Seite drehen und das Kissen gegen den Hinterkopf drücken, die Lippen auf das Laken pressen. Jeden Morgen war es übersät von seinen Albtraumküssen, für die er sich schämte wie damals als Junge für die ersten Samenspuren, wenn er im Traum nicht an sich halten konnte, wie er später die Frauen nicht halten konnte, von denen er träumte. Es waren nur Träume, denn er sah sie kaum, und natürlich schlief er schlecht, schlief mit ihnen, aber nicht neben ihnen, er lag neben ihnen wach. Vor einer Woche hatte er begonnen, Tabletten zu nehmen. Er war gar nicht mehr wach geworden. Aber wollte er überhaupt aufwachen in sein Leben, die wechselnden, leeren Wohnungen, die Versprechen, zu den Kühlschränken, in denen jedes Datum abgelaufen war? Er wäre lieber unterwegs gewesen, auf einem Motorrad durch Südamerika gereist oder auf irgendeinem Boot allein um die Welt gesegelt, um an einer Insel anzulegen, wo eine atemberaubende Frau ihn empfing. Er träumte schon wieder, selbst während der paar Schritte von der Tür zum Stuhl. Die Tagträume waren übernächtigt, aber sie waren schön; für einen Augenblick konnte er weg sein, einfach weg.

Er stellte die Gläser und die Flasche auf den Tisch. Was für eine Sauerei hatte sie da angerichtet, die Alte. Sie fixierte ihn. Konnte er ihr überhaupt ein Glas geben? Er zögerte, überprüfte das Glas. Ja, es war aus Plastik. Warum hatte sie die Lampe gedreht? Er goss ihr ein. Erst jetzt merkte er, dass er das Wasser vergessen hatte. Er durfte ihr keinen Wein geben. Es interessierte ihn nicht. Sie war eh nicht zurechnungsfähig, es wäre sowieso alles umsonst, verlorene Liebesmüh. Sie könnte seine Großmutter sein, aber sie erinnerte ihn an seine erste Liebe, ihre Augen waren so jung. Zuerst zögerte er, dann goss er sich auch ein. Fast hätte er mit ihr angestoßen, aus einem Reflex heraus, man saß an einem Tisch. Er erschrak über sich, stellte das Glas zurück, ohne getrunken zu haben. Sie lachte. »Du denkst, du hast es in der Hand. Der Druck deines Fingers auf die Brust der Götter erfüllt dir jeden Wunsch. Denkst, du könntest dich selbst wählen und würdest nicht einmal drauf verpflichtet, bei dem zu bleiben, was du von dir selbst hältst? Wenn es ernst wird, dann schweigt des Sängers Höflichkeit. Wie du dich

Albert Ostermaier
Die Liebende
Erzählung

Nach seinem Erfolgsroman *Schwarze Sonne scheine*, der prototypisch die Entstehung des Künstlers aus enttäuschtem Weltvertrauen erzählt, wendet sich Albert Ostermaier seinem anderen großen Thema zu: der Liebe.
Mit sämtlichen Gefühls- und Spielarten der Liebe wird der Pariser Polizeikommissar Olivier konfrontiert. Er hat eine Frau zu verhören, die von sich behauptet, sie verwandle die Männer nach dem Akt in alle möglichen und unmöglichen Gestalten, sie entstelle ihre Rivalinnen, bringe Liebhaber und Liebhaberinnen um. Zunächst glaubt der Kommissar, es mit einer Verwirrten zu tun zu haben. Dann begreift er, dass diese Frau ein unergründliches Wissen um Gefühle von Liebe und Hass, Zuneigung und Zerstörung hat. Immer wieder hört er die Bänder ihres Verhöres ab, um ihrem Geheimnis auf die Spur zu kommen. Am Ende dieser großartigen Erzählung, in der Kriminalroman und mythische Erzählung ineinander verwoben sind, entdecken die Kollegen den ermordeten Kommissar.

Albert Ostermaier wurde 1967 in München geboren. Er ist einer der bekanntesten und erfolgreichsten deutschen Romanciers, Lyriker und Dramatiker der Gegenwart.

Zuletzt erschienen von Albert Ostermaier
im Suhrkamp Verlag:

Für den Anfang der Nacht. Liebesgedichte, 2007, st 3863
Schwarze Sonne scheine. 2011
Leben und sterben lassen. Rede zur Entgegennahme des Literaturpreises der »Welt«, 2012

In gleicher Ausstattung liegen vor:

Bitow, Andrej: Geschmack. Novelle
Celan, Paul, und Chomed, Gustav: »Ich brauche Deine Briefe«
Enzensberger, Hans Magnus: Aussichten auf den Bürgerkrieg
Frisch, Max: Schwarzes Quadrat
Fritsch, Werner: Enigma Emmy Göring
Grünbein, Durs: Berenice
– Den Teuren Toten
Handke, Peter: Bis daß der Tag euch scheidet
Jonas, Hans: Philosophie. Rückschau und Vorschau …
Kluge, Alexander: Der Luftangriff auf Halberstadt am 8. April 1945
Krauß, Angela: Der Dienst
Leutenegger, Gertrud: Gleich nach dem Gotthard kommt der Mailänder Dom. Geschichten und andere Prosa
Mayröcker, Friederike: Scardanelli
– vom Umhalsen der Sperlingswand, oder 1 Schumannwahnsinn
Meier, Gerhard: Ob die Granatbäume blühen
Mosès, Stéphane: Momentaufnahmen/Instantanés
Muschg, Adolf: Nur ausziehen wollte sie sich nicht
Nizon, Paul: Abschied von Europa
Reinshagen, Gerlind: Die Frau und die Stadt
Rothmann, Ralf: Berlin Blues
Schmidt, Arno: Die Umsiedler
Seiler, Lutz: Turksib
Steiner, Jörg: Ein Kirschbaum am Pazifischen Ozean
Zschorsch, Gerald: Czerwonka

Suhrkamp Verlag

befreit hast von der Zumutung, etwas zu sagen zu haben.«
Hatte er vergessen, das Band einzuschalten? Nein, es lief noch. Er hatte es laufen lassen. Und die Kameras? Es wurde doch automatisch aufgezeichnet, oder? Niemand war hinter der Scheibe. Er war hinter der Scheibe gestanden. Wenn er in seinem Badezimmer vor dem Spiegel stand oder von seinem Bett zum Feuermelder starrte, fühlte er den Zwang zur Lüge. Mit der Wahrheit zu lügen. Mit einem Lächeln die Wahrheit zu sagen und sie als Lüge zu verpacken. Er schweifte schon wieder ab, als zöge ihn eine Hand weg. »Warum rührst du den Wein nicht an?«, schreckte sie ihn auf, »er schmeckt nach Honig. Aber wahrscheinlich gelüstet dich danach, ein Bier mit den Zähnen zu öffnen und auf offener See deinen Gefährten von den Wellen meines Körpers zu erzählen, die dich umfluteten, als du standst wie ein Mann gegen den Sirenengesang.« Entweder, ärgerte er sich, musst du ihnen jedes Wort mit der Geburtszange aus dem Schädel ziehen, oder sie reden ohne Punkt und Komma und locken dich in ihre Erzähllabyrinthe und Höllenschleifen, und dir bleibt nichts anderes übrig, als ihnen atemlos zu folgen und dir alles anzuschauen, was sie dir zeigen, und um alles anzuhören, was sie dazu sagen. Dante, nannte er das. Er hatte sich einen Spaß daraus gemacht, die Fälle und Verdächtigen vor den Verhören nach Autoren zu kategorisieren. Dante, Kafka, Pasolini, Pilcher, Camus, Beauvoir. Er ließ seine Bildung gerne raushängen, wenn die anderen ihre Wetten abschlossen, als würden hier Kampfhähne gegeneinandergeschmissen. Er hatte Literatur studiert, aber bei seiner ersten Probeunterrichts-

stunde als Lehrer kein Wort rausbekommen und war gegangen. Die Alte schob ihm ihr Buch zu, zeigte mit dem Finger auf eine unterstrichene Stelle und forderte ihn auf vorzulesen. Er hatte seine Lesebrille im Büro vergessen. Er brauchte sie nicht wirklich, redete er sich ein. Wenn er sich konzentrierte, sich zusammennahm. Die Buchstaben verschwammen zunächst, aber dann standen sie deutlich vor ihm. Er ging durch einen Wald aus Buchstaben. Er begann zu lesen. War das seine Stimme? »Als ich mein Schwert vom Schenkel zog, droht' ich, sie zu morden. Und der Schrecken fuhr in sie, bis sie mich auf ihr Lager lud und ich sie schwören ließ, wenn ich waffenlos liege, mich nicht zum schlappen Schelm zu machen. Ich schlürfte ihr Gift und war doch nicht verzaubert.« Die Alte sprang auf: »Und dachtest, ich sei verzaubert von deinen Augen, dem Strömen deiner Muskeln im Fluss unserer Körper. Dachtest, du hättest meinen Zauber gebrochen und ich würde zerbrechen an deinem.« Wenn Frauen ihn beschimpften, verabschiedeten sich seine Gedanken, er checkte ein in eine Reise in die Südsee oder cruiste mit dem Einkaufswagen durch den Supermarkt. Er war immer nett zu Frauen, doch wenn sie ihn beschimpfen würde, hatte er wieder dieses Problem. Was hatte sie gesagt? »Und keine Schuld trifft dein Verlangen, denn es war geführt von den Händen der Götter auf meine Haut. Doch mein Verlangen war nicht von Götterhand – was weißt du schon von meiner Lust? –, sondern geschürt von deinen Händen, der Hitze deines Atems in meinem Nacken und dem zügellosen Rühren deiner Zunge in meinem Ohr. Der Speer nur heilt die Wunde, die er schlug.« Er konnte es nicht fassen: Während sie redete, hatte seine Hose sich gespannt. Wie das, sie könnte doch seine Großmutter sein, was war in ihrer Stimme, in ihrer Stimme liegt etwas, beschwor er sich, etwas von Hypnose. Ihre Stimme ist die Stimme einer junge Frau, prügelte er auf seinen Verstand ein, ihre Stimme führt deine Augen in die Irre, ihre Stimme läßt dein Herz in die Hose rutschen. Er bekam Angst, er sollte unterbrechen, alles abbrechen, sagte er sich, sich krankschreiben lassen. »Du grunzt wie ein Schwein im Bett und sagst noch immer nichts.« Sie taxierte ihn von Kopf bis Fuß. Er schwitzte, sie hatte ihn zum Schwitzen gebracht. Er muss die Lederjacke ausziehen. Er wollte zur Toilette am Ende des Gangs, sich kaltes Wasser ins Gesicht schütten. »Aber übel riecht dein Schweiß, weil er vor dir flieht.« Er fühlte sich schmutzig, schuldig. Wie machte sie das? Die Jeans klebte an den Schenkeln, wie Inseln schimmerten die Löcher. Was war los mit der Klimaanlage, sie spielte verrückt, war in der falschen Jahreszeit und kämpfte gegen eine Kälte an, die seit einem halben Jahr verschwunden war, pumpte heiße Luft in den Raum, röchelte, ganz außer Atem. »Hab' ich nicht das Wasser erhitzt und dich in eine Wanne gesetzt, dich und dein Meer? Und wusch ich dich nicht an Kopf und Schultern, bis ich dir die Müdigkeit entzog, die dein Leben bedrohte? Hab ich dich nicht gesalbt, mit glänzenden Ölen? Zu einem Stuhl geführt, voller Kissen, überzogen mit Linnen, und dir einen schönen Mantel umgelegt, einen Schemel zu deinen Füßen, und lud dich hier zu meinem Mahl ein? Ich wusste, dass du gehen wirst und mir von deiner Frau erzählst. Wie du mit ihr verwoben bist und meine Fäden das Muster zerstören. Du wirst zu Hause ankom-

men, und sie werden dich empfangen wie einen Helden, denn alle, die von mir kommen, kommen zurück, schöner und größer, als sie je waren. Und alle saßen sie und schmausten hier Massen von Fleisch und vergaßen sich im Rausch des süßesten Tranks, bis die Jahreszeiten wieder kreisten, die Monate schwanden, die langen Tage vergingen, und sie flehten wie du: Lass uns nach Haus. Aber bei all dem Gejammer entstand kein wirksames Handeln. Ich musste sie zum Gehen auffordern. Ich, die Nymphe, reizend und fein, um die Hüften den schönen goldnen Gürtel, über dem Kopf einen Schleier.«
Er war eingenickt, schreckte hoch. Wie lange war er weggetreten? Eine Sekunde? Das Band lief. Seine Uhr war stehengeblieben. Er hatte sie vor sich auf den Tisch gelegt gehabt. »Du hast gesprochen im Schlaf. ›Jetzt wird nicht mehr geschnarcht und geschlafen in süßestem Schlummer. Gehen wir, Circe hat es mir so geraten.‹ Zumindest hast du meinen Namen nicht vergessen.« »Circe«, sagte er sich. Ich habe eine neue Kategorie. Die Verführerin, lachte er in sich hinein, aber er konnte die Angst nicht überspielen. Er hatte, als er kurz weggetreten war, von seiner Frau geträumt. Er wollte zu ihr zurück. Es war wie in einem billigen Roman gewesen. Er war auf dem Weg, um Zigaretten zu holen, hatte die Tür hinter sich zugezogen, um sich nicht mehr zu öffnen. Er war gegangen und hatte nichts als einen vollen Aschenbecher zurückgelassen und den Schlaf, den er auch bei ihr nicht gefunden hatte und der jetzt bei ihr schlief, bildete er sich ein. Er wollte einfach wieder von ihr umarmt werden, ohne Worte, Warum. Sein Weggehen war wie eine Schusswunde gewesen. Er presste die Hand darauf,

verband sich, ließ sich nähen. Aber sie brach immer wieder auf. Die Kugel wanderte. Sie irrte durch seinen Körper. Wenn sie eines Tages auf seiner Zunge läge, könnte er ihr sagen, dass es ihm leid tue, dass er zurückwollte. Letzte Nacht, in einer kurzen Phase Schlaf, hatte er geträumt, sie hätten sich in einem Baum geliebt. Er wäre zurückgekommen und der Baum wäre ihr Bett gewesen, und die fallenden Blätter hätten ihre Häute ganz langsam bedeckt. »Wollt ihr nicht mehr?«, holte ihn Circe, ja, er nannte sie jetzt für sich so, holte ihn Circe zurück. »Dann bleibt auch nicht weiter. Was du dir so sehnlichst gewünscht hast, ist geschehen. Hinfort bist du kein Mann mehr. Nur noch ein Ding unter dem Joch, selbst wenn du es fliehst. Denn der Abdruck deiner Haut bleibt auf mir, aus dem ich dich neu formen werde – was ein Anfang wäre aus Fleisch. Denn deiner Worte bin ich überdrüssig. Sie verfliegen. Du hofftest auf Erlösung, doch der Erlös liegt nun in meinen Händen. Auf der Zunge die Münze.«
Er hatte doch nichts gesagt!? Oder las sie seine Gedanken? Er sprach immer in Gedanken, wenn er jemanden verhörte. Aber nur seine Fragen waren hörbar. Er war hungrig. Doch er konnte nicht einfach das Sandwich aufreißen und es sich zwischen die Zähne schieben. Seine Kollegen waren beim Essen, feierten. Was gab es zu feiern? Er wollte das hier erst zu Ende bringen, bevor er zu ihnen ging und fremd blieb. Er verabscheute sie. Wie sie beim Essen grunzten und Witze rissen über den Mann, der seine Frau den Schweinen verfüttert hatte. Oder den Liebeskranken, der seinen untreuen Lover als Boeuf Stroganoff zubereitet und in mundgerechten Portionen ein-

gefroren hatte, um seine Liebe jeden Tag in der Mikrowelle aufzutauen. »Du liebst doch auch süßes Fleisch, Blonder«, animierten sie sich über ihn, »beim Chinesen«, und amüsierten sich zu Tode über den Tod. Er saß nicht nur in ihrem Nacken, sondern jeden Tag mit am Tisch. »Wie blass Olivier ist«, grölten sie, selbst von Ekel zerfressen. Ihm war immer schlecht, wenn er mit ihnen essen musste. Doch er hätte sich für jeden von ihnen in einen Schuss geworfen, um sie zu schützen, sie hatten Familie. Wie leicht sagt sich das, beides. »Warum rührst du nichts an? Die Speisen, die vor dir stehen, sind nicht die Küchenabfälle, die deine Kameraden fressen. Die Schweine. Du hättest sie sehen sollen, wie sie von Borsten zu starren begannen. Kein Wort mehr kam aus ihren Kehlen, nur ein Quieken. Nieder sanken sie zu Boden und fühlten die prahlenden Münder zu breiten Rüsseln sich verknorpeln, schwellen von Muskeln den Hals. Mit der Hand, mit der sie noch eben den Becher gehalten, drückten sie Spuren, suhlten im Schlamm die speckigen Bäuche und bissen die Jungen zu Tode – aus Gier.« Er fragte sich, ob das nun ein Hinweis oder ein Geständnis sei oder ob sie morgen unvermittelt Daisy Duck wäre oder die Bovary. Sein Leben war einfach zum Heulen. »Doch ich las dir die Bitte aus den tränenden Augen und löste den Spruch. Und siehe, die Borsten fallen, gespaltene Füße verlässt der Riss, und die Schultern kehren zurück. Es gliedert aufs Neue der Arm sich, und allmählich richten sich auf die Gefährten, um zu heulen.« Plötzlich hatte er eine Eingebung, er nahm das Buch. Sie hatte das auswendig gelernt. *Metamorphosen.* Ovid. Wenigstens nicht Manson. Sie blickte ihn verächtlich an. »Es ist wie im

Bett: Zuerst wollt ihr lieben wie Tiere, dann steht ihr auf und seid Kinder und man muss euch füttern.« Sie sollte verdammt noch einmal aufhören, vom Essen zu reden. Sein Magen hatte mehr Kehlkopf als er. Die Magensäfte schossen zusammen. Er halluzinierte schon vor Hunger, sah einen festlich gedeckten Tisch, überfüllt von Köstlichkeiten. Wie auf der Werbewand gegenüber seiner Wohnung, wenn er am Fenster stand und hinausblickte wie in einen leeren, hell erleuchteten Kühlschrank. »Was schaust du so starr?« Ob sie ihn nicht einfach in Ruhe lassen könne, hätte er sie am liebsten angefaucht. »Koste meine Speisen, wie du meine Brüste gekostet hast.« »Ich heiße Olivier«, wollte er sie korrigieren, aber was ging sie sein Name an. »Das Spiel ist noch nicht zu Ende, auch wenn du mich verlassen willst, genau so wie du gekommen bist durch diese Tür mit einer Flasche Wein. Du betratest mein Haus wie ein Theater.« Er hasste das Theater, er hätte sie am liebsten bei jedem falschen Satz verhaftet, konnte sich nicht entziehen, keine Distanz aufbauen. Leichen machten ihm nichts aus, so zerstückelt und durchlöchert sie waren, aber im Theater starb er mit, konnte kaum die Tränen halten. Ins Kino ging er schon gar nicht mehr. Einmal hatte er sich in eine Schauspielerin verliebt. Später musste er sich eingestehen, dass es die Rolle war, in die er sich verguckt und die ihn verrückt gemacht hatte. »Ich gab zuerst die Hexe«, ließ Circe nicht locker, »die Göttin danach, und zuletzt die Freundin, voller Rat für deine Tat, Odysseus. Und du fandst, deine Rollen stünden mir gut, bis es anstand, zu gehen, den Vorhang hinter meiner Insel zu schließen und auf den Wogen des Beifalls sie zu verlassen.« Ja, es war Zeit zu gehen. Es war genug für heute. Wie lange hatte er jetzt schon auf das Sandwich gestarrt? Es war ihr egal, sie aß es nicht. Sollte es verschimmeln? Sie hatte doch gesagt, er solle essen. Musste er das im Protokoll vermerken, dass er sich jetzt über das Sandwich hermachte, die Folie abriss und hineinbiss? »Mundet dir die Niere?« Er musste fast spucken, als er das Wort hörte. »Schön, dass du jetzt isst. Ist er nicht voller Anmut, dieser Darm? Und die Pastete auf deinem Messer? Sie wurde mit Liebe gestopft. Alles schmeckt etwas süßlich. Aber ist es nicht süß, das Fleisch, aus dem wir sind? Wie die Kälber draußen im Hof die Kühe, so umdrängten deine Gefährten dich, nur zum Schlachten taugend. Warum bleibt dir der Bissen im Rachen stecken wie ein Schwert? Ahnst du etwas?« Er wollte sich übergeben, vor ihr auf den Tisch kotzen, doch er nahm all seine Kräfte zusammen, konzentrierte sich auf das Band, das sich unablässig weiterdrehte. Er musste Schluss machen für heute, befahl er sich, aber er fürchtete, wenn er jetzt aufstehen würde, müsste er sich sofort übergeben. »Hier kommt keiner hin und geht wieder, wann's ihm beliebt«, lehnte sie sich zurück und wirkte dreißig Jahre jünger. »Auch wenn die Gesänge anderes erzählen, weil Männer über Männer singen. Wer zu mir kommt, der bleibt bei mir, bis ich ihn ausspucke wie die Klippen die Wellen zurück ins Meer. Wer gibt, der nimmt. Was sitzt du da, wie ein Stummer, während ich rede? Schläfst du?«

II

retours
Rückkehr

Gegen sie ist kein Kraut gewachsen, sagst du dir, und dennoch frisst er mir aus der Hand. Ich habe dich von der Straße aufgelesen. Aus einer Laune heraus. Vielleicht weil du mich an ihn erinnerst. Mach dir nichts vor. Nein, von mir geht kein Zauber aus. Du bezauberst dich selbst. Was rutschst du auf den Knien und leckst mir die Finger, als wären sie in Salz getaucht?
Du verirrst dich im metallischen Glanz meiner Pupillen und schluckst im Spiegel meiner Blicke dein erbärmliches Abbild. Du bist wohl blind? Meine Haut ist von grauem Pulver bedeckt. Ich bin alt. Die Drähte in den Wangenknochen glühen nicht mehr. Nur die Luft macht mir noch immer nichts aus. Das harte silberweiße Metall hält stand gegen die Säuren der Hände. Ich liebe die Hitze in der Erdrinde.
Gefällt dir mein orangefarbenes Kleid, der blaurote Saum, vor dem du dich im Dreck wälzt? Hast du Zwiebeln gegessen? Lauchzwiebeln? Du stinkst.
Ich bin das Gift und das Gegengift. Ich bin, was du glaubst, das ich bin. Hättest du ein Schwert, würdest du mir drohen, mich in zwei Hälften zu tranchieren, wie ein Schwein. Aber du verfügst nur über deinen schneidenden Blick, der dich stärker trifft als mich. Je mehr du mich begehrst, desto älter werde ich. Ich bin deine Mutter. Heilige. Hure. Hexe. Ich schlage dich in deinen Träumen, wenn deine Schulterblätter im Schlaf ihre Flügel vermissen. Und du bezahlst mich, dass ich alt bin für dich,

dass meine Falten wie Wellen unter deinen Lippen wogen. Weißt du, was ich mit deinem Geld mache?

Ich habe dich auf der Straße gesehen. Ich bin dir gefolgt. Nicht du hast mich gefunden. Ich war auf deiner Spur, als du durch die Stadt geirrt bist, als du dich in der U-Bahn an die Rücken der Frauen gedrängt hast. Dein hektischer Atem in ihren Nacken. Dein nervöser Blick auf der Rolltreppe. Deine Ziellosigkeit in den Menschenmengen. Diese wimmelnde Stadt. Stadt voller Träume, wo ein Gespenst sich am hellen Tag an einen Passanten heftet. Du hast mich nicht gesehen, nur gespürt.
Wie verloren du warst. Als könntest du dich nicht erinnern, wem die Jacke gehört, die du trägst, warum du allein bist und keiner deine Hand nimmt an den Gleisen. Du hast dich nicht rasiert, doch jeden Tag ein frisches Hemd angezogen, das du wie ein Segel auf der Brust trugst. Ich habe dich beobachtet, wie du die Nadeln aus ihm zogst. Du sammelst sie, als gäbe ihre Summe einen Panzer, der dich unverwundbar macht. In den Cafés bist du immer an der Tür gesessen, hast den Kaffee schwarz getrunken. Zwei Schlucke. Hast die Zuckerbeutel in deiner Tasche verschwinden lassen und mit dem Löffel den Kaffeesatz gerührt, als könntest du die Sirenen hören. Tagelang lagst du in den Schwimmbädern weit weg vom Becken – Handtücher um die Beine gewickelt – und sahst den Wellen zu, unter den Armschlägen der Schwimmer. Sperrtest dich in eine Kabine ein, das Gesicht in den Händen vergraben. Saßest nachts auf den Schaukeln der Spielplätze. Ein Monat verging.

Ich war dir gefolgt, wie ich den anderen gefolgt bin. Reiner Zufall, aus Langeweile. Weil niemand zu mir kam. Ich war in ihren Wohnungen, las aus allem, was ich sah, ihre Geschichte. Öffnete eine Flasche Wein, ließ zwei Gläser stehen, nahm einen Ohrring und legte ihn in der nächsten Wohnung zwischen die Matratzen. Ließ meine Unterwäsche unter dem Bett, stopfte sie in die Wäschetrommel. Ich veränderte nur so viel, dass es nicht nach einem Einbruch aussah, sondern nach Betrug, Verrat. Zunächst in den Wohnungen der Männer, mit denen ich schlief. Ich zerstörte ihr Leben, damit sie auf der Straße lebten und ich sie wieder treffen konnte, um ihnen zu folgen bei ihrer Suche nach dem Unwiederbringbaren. Ich dachte, du seist stärker, du würdest widerstehen. Nach einem Monat hast du dich rasiert, ein frisches Hemd entblättert, den Anzug gebügelt, die Nägel geschnitten und bist zurück auf dein Revier gegangen, wurdest wie all die anderen. Und du warst nur noch eine Erzählung aus geflügelten Worten, wohldosiertem Lachen und dem Rotwein auf der Serviette. Du hattest einen Plan, eine List, und glichst dich ihren Regeln an. Ihrer Austern rühmt die Bucht der Circe sich. Die Männer in deiner Umgebung verschwanden. Ihre Kurse fielen. Einer verlor ein Auge. Ich sah dich mit Frauen nie länger als eine Nacht.

Er schrak hoch, er hatte wieder von ihr geträumt. Er spürte im Rücken den Schotter, auf dem er lag; sein Genick schmerzte. Er wollte sich hochstemmen, aber sein linker Arm fiel ins Leere, und fast stürzte er ihm nach in den Abgrund. Er lag am Rand des Daches. Unter ihm

die leere Straße, müdegeleuchtete Ampeln, die den Wind regelten. Die Nacht suchte sich stets die Ecken, in denen sie dem heraufziehenden nervösen Tag entkommen konnte wie einem ehemaligen Geliebten, der sie verfolgte, ihr unaufhörlich nachstellte, sie mit seinen Sonnenstrahlen suchte, den schwitzenden Händen der Dämmerung, dem Nebel, der aus seinem Mund stieg und nach seinem Magengeschwür roch.
Olivier hatte nicht mehr weitergewusst. Dann stieg er immer auf das Dach, öffnete die Tür routiniert mit zwei Drähten, setzte sich mit einer Flasche Rotwein sowie seinem Diktiergerät an den Rand und ließ die Beine über die Brüstung baumeln. Es gefiel ihm, wenn sie die Tiefe aufsogen und sie durch seinen Körper in Herz und Hirn jagten. Das Adrenalin half ihm, klarer zu sehen. Früher, als er noch neben der Metzgerei gewohnt hatte, hatte er sich von dem Besitzer einen Schlüssel geben lassen und sich in den Kühlraum gehockt, zwischen das herabbaumelnde Fleisch. Sein Kopf funktionierte am besten, beim Kampf ums Überleben. Dann öffnete sich vor ihm blitzartig eine Tür, wo er bislang in Dunkelheit verharrt hatte.
Er war noch nie auf dem Dach eingeschlafen. Die Rotweinflasche war leer. Er nahm das Glas, das noch einen Schluck für ihn zurückgehalten hatte. Plötzlich zuckte er zusammen. Woher kam der Lippenstift auf dem Glasrand? Er konnte sich nicht erinnern, mit einer Frau hier oben gewesen zu sein. Und auch seine Wohnung hatte schon lange keine Frau mehr gesehen. Er hatte keine Lust mehr auf Frauen, er hatte sich ausgeliebt, wollte nur noch umarmt werden. Damals hatte es ihn völlig aus der Bahn

geworfen. Die Trennung, dann der tote, erstickte Junge in der Kiste. Sie waren zu spät gekommen. Er hatte immer davon geträumt, einen Jungen zu haben, mit dem er zum Fußball gehen, dem er seinen Bogen schenken konnte, der Jahr für Jahr stärker wurde, bis er ihn spannen konnte. Er sah den ersten Pfeil durch die Luft schnellen. Der Junge in der Kiste hatte eine große Ähnlichkeit mit ihm selbst, die blonden Haare, das Matrosenshirt, die weißen Stoffturnschuhe. »Die Götter lieben dich«, hatten seine Kollegen immer gesagt, ihn halb verspottet, halb neidzerfressen aufgezogen, weil ihm alles gelang, weil die Kugel neben ihm einschlug, der Abzug blockierte, wenn ihm die Waffe an den Kopf gesetzt wurde, weil er auf eine abseitige Idee verfiel, die den Knoten löste. Sie nannten ihn den Totenflüsterer. Er redete mit den Toten, ausführlicher und lieber als mit den Lebenden. Sie verhöhnten seine Theorie, weil es leichter war, darüber zu lachen, als ihm zu glauben. Er sagte, es sei kein Geheimnis, man müsse nur die Ohren aufsperren. Die Nägel würden weiterwachsen nach dem Tod. Der Tote sei noch nicht tot, wenn wir ihn für tot erklärten. Er habe stets noch ein paar Sätze auf den Lippen, auf der Zunge, im Rachen. Nicht dass sie den Namen des Täters verrieten. Sonst wäre er in allen Talkshows gewesen. Nein, irgendeine Nebensache, etwas vielleicht sogar auch für ihn Nebensächliches – aber dieser eine Satz, dieses eine Wort, das in ihrer Seele weiterbrannte, als überall sonst in ihrem Körper längst die Lichter ausgegangen waren. Er musste nur den richtigen Moment erwischen. Das hatte für ihn nichts Übernatürliches, es war seine Form, dem Toten die letzte Ehre zu erweisen, während er ihm

die Augen schloss und die seinen damit öffnete für etwas, das er und das die anderen sonst übersehen hätten. Aber seit er den Jungen gesehen hatte, hörte er nichts mehr, nur ein Rauschen. Er war durch die Stadt geirrt wie ein Schiffbrüchiger. Ob es Pflanzen oder Menschen waren, Zyklopen oder Ampeln, es war ihm egal, alles war eins, alles überschwemmt vom Tod.
Warum war in seinem Traum diese Frau aufgetaucht, warum erzählte sie ihm seine Geschichte, als wäre sie ein Teil von ihr? Als hätte sie ihn immer im Auge gehabt. Welchen Teppich webte sein Hirn da, welche Stränge verband und verknotete es? Wenn er die Araber im Café gegenüber beobachtete, wie sie ihre Rosenkränze – wie hießen diese Gebetsketten außerhalb des Katholizismus? – durch die Hand laufen ließen, bekam er immer Kopfschmerzen, als wären es seine Gedanken, die da kreisten und im Kreis herumgeführt wurden, Kugel für Kugel. Was wollte er der Alten nachweisen? Die anderen hatten gesagt, er solle sie gehen lassen, sie spinne, sei verrückt, eine verrückte Alte, die sich wichtigmache, die raus wolle aus ihrer Monotonie und sich ihn als einen schönen Jungen ausgesucht habe, dem sie ihre Märchen erzählen kann. Kein einziger Beweis. Was war denn das für ein Geständnis? Ich bin Napoleon, ich habe die Schlacht von Waterloo verloren. Ich bin der Mörder von Albert Camus, ich habe das Auto manipuliert. Täglich kamen sie und gestanden das, was sie im Fernsehen gesehen hatten, sie stahlen sich eine Identität, indem sie Schuld auf sich nehmen wollten, um der Taubheit vor dem Flachbildschirm zu entkommen ins Leben, in den Schmerz. Bis dann wirklich ein Mörder vor ihm saß. Ihn hatten sie laufen lassen.

Er war noch immer da draußen. Es war nur eine Frage der Zeit, des Wetters, der Laune, eines falschen Satzes. Je länger er diesen Job machte, desto mehr schlug er ihm auf den Magen, die Seele, aufs Herz wie ein Faustschlag, den man einsteckt, um den Gegner müde zu machen. Er war gut im Nehmen. Doch manchmal kamen ihm Zweifel, ob er nicht längst zu viel eingesteckt hatte und seine Gedanken unaufhaltsam zu zittern begannen und gegen die Schädeldecke stolperten. Er zündete sich eine Zigarette an.

Dieser ganze Tod hatte ihn irgendwann so angewidert, dass er sich, wenn er nach Hause kam, vor der Tür nackt auszog. Er wollte den Tod nicht über seine Schwelle lassen. Die Nachbarn lachten erst, dann beschwerten sie sich, schickten den Hausmeister, die Verwaltung. Sie hatten Angst vor seinen Kleidern, sie berührten sie nicht, fassten sie nicht an, hätten sie am liebsten verbrannt, wenn sie vor der Tür lagen. Er wusch sie im Keller. Saß vor der Waschtrommel und beruhigte sich. Sie hatten ihm einen Korb vor die Tür gestellt. Nein, der Tod hatte wirklich keinen Platz in ihrem Leben.

Langsam wurde es hell. Er sah sein Diktiergerät. Fast hätte er es vergessen. Er hatte das letzte Verhör mitgeschnitten, wollte es bei sich tragen. Man hörte nicht überall gleich, mit dem Hören war es wie mit dem Schauen. Er ging die Treppen hinunter. Machte sich in seiner Wohnung Kaffee, setzte sich an den Küchentisch. Legte das Diktiergerät auf den Stuhl gegenüber und schaltete es ein.

»Alle Männer wollen, dass ich sie zerstöre. Hören Sie?«
Er zuckte zusammen. Er hatte kurz die Augen geschlossen.

»Ich bin das Unbewusste in ihnen, der graue Schleier beim Erwachen, die Müdigkeit ihrer Vernunft. Ich bin das Zeichen ihrer Verwundbarkeit, und sie wollen verwundbar sein, unter meiner Haut. Doch nie verwundbar durch Fragen. Sie spüren mich, lange bevor ich da bin, als wäre ich der Schlamm am Ufer, aus dem sie entstanden, als wäre ich die Flut, in die sie zurückkehren, aus der Ebbe ihrer Tage. In ihren Augen bin ich makellos wie das Meer – gewaltig, wie das Meer – und spüle ihnen mit meinem Speichel das Salz in die Lungen. Sie wollen verzaubert sein. Sie verlieren sich, um verzaubert zu werden, denn nur dem Scheitern wohnt ein Zauber inne. Doch der Rausch ist nur ein Zucken der Glieder, bevor sie mich nach ihrem Heimweg fragen. Sie lassen ihn in mir mit ihren Körpern zurück und verabschieden sich mit ihrem Verstand, der eine fahle Haut ist, die sie nie abstreifen werden. Sie misstrauen ihren Schultern, ihren Händen, ihrer Brust, ihren Sehnen, den Fußangeln und den Fingerknöcheln. Nein, sie misstrauen nicht ihren Muskeln, nicht einem einzelnen Teil ihres Körpers, nicht den Brauen über ihren Augen, nicht den Schenkeln, wenn sie sich spannen, nicht dem Blut, das durch sie strömt, nicht ihren Lippen, nicht ihren Füßen, den Sohlen, nicht den Armbeugen. Nein, sie misstrauen ihrem Körper als Ganzem, sosehr sie ihn auch stählen, strecken, spannen. Sosehr sie an seine Grenzen gehen, sosehr sie schwitzen, über Mauern springen, sich an den Fingerspitzen auf den nächsten Felsvorsprung ziehen, so-

sehr sie mit den Rudern das Meer durchpflügen, die Flüsse. Sie misstrauen ihrem Körper als Einheit ihrer selbst. Sie geben ihm Gesetze, definieren ihn, und selbst wenn sie in ihn eindringen, durchdringen, auf der Suche nach Leere, denken sie ihn nur. Männer wollen Schemen sein. Hüllen aus Luft. Ja, sie wollen, dass sie Luft für uns sind. Die Luft, die wir zum Atmen brauchen, die Luft, die wir einsaugen, aber nur einen Atemzug halten können. Denn wenn wir sie behalten, ersticken wir. Sie sind die Luft, die sich warm anfühlt auf der Haut: in den kalten Händen heiße Luft. Abgestanden, bevor sie erneut zu zirkulieren beginnt. Synthetische Luft, gefiltert, verdreckt, voller Staub, den man in der Sonne schweben sieht. Flirrende Luft. Luftblasen. Unter Wasser, beim Aufsteigen – während der Stein dich nach unten zieht auf den Meeresboden. Ein Hafen aus Luft, die Luft, aus der sie sind, aus der sie kommen, in die sie fliehen.
Ich habe dich ganz vergessen. Bekommst du genügend Luft? Soll ich fester ziehen? Gefällt dir das so?
Die Haut altert unter den Winden, doch das Alter ist nur ein Spiegel nach innen. Ich bin es müde, jung zu sein, und kann es, wenn ich mag.«

Er hielt die Aufzeichnung an, ging zum Bücherregal, suchte, fand schließlich den schwarzen Einband. Er blätterte in dem Buch, überflog die Seiten, die Ränder, die er mit Bleistift vollgeschrieben hatte, huschte über die unterstrichenen Worte, die wie Augen aus dem Text stachen. Fremde Blicke aus der Vergangenheit starrten ihn an. »Das ist also aus dir geworden, wo warst du so lange?«, wisperte ihre Stimme zwischen den Zeilen. End-

lich hatte er die Stelle, die er rot unterstrichen hatte. Ein breiter Balken am Rand. Lippenstift. Wie war Lippenstift in das Buch gekommen? Er konnte sich nicht erinnern und las halb laut: »Mein Gesicht ist eine milchweiße Blüte, doch ihre schwarze Wurzel treibt in mein Herz. Es weiden auf den Wiesen weiße Schafe, aber ihr Blut ist rot, wie mein Herz, wenn es blutet. Du wirst es opfern, ein Loch in den Boden graben und es hinabsenken. Und es wird sich dir öffnen, wie ein Auge ins Jenseits.«
»Ich werde dich nicht mehr gehen lassen«, hörte er ihre Stimme aus der Küche. Er hatte das Band doch abgestellt. Er rannte hinüber. Es war still. Das Diktiergerät lag auf dem Stuhl, das Band drehte sich nicht. Das Fenster war offen. Hatte er es geöffnet? Er durfte diese Tabletten nicht mehr nehmen, Tabletten und Alkohol. Was war aus ihm geworden? War das die Paranoia, der finale Rettungsschuss für sein in die Irre geleitetes Leben, in dem er keinen roten Faden mehr fand, sondern nur Blutspuren, die zu ihm hinführten, die ihn verfolgten? All die Toten, die er gesehen hatte, die toten Kollegen, seine Weggefährten im Labyrinth, die mit ihm gegen die Mauern gelaufen waren, im Fadenkreuz standen und den Gewehrläufen entgegenliefen, ohne es zu wissen. Jeden Tag einen Abzug, einen kleinen Finger breit vom letzten Tag entfernt. Der Krieg, den sie führten, wie lange ging der schon? Er war nicht zu gewinnen, war es nie gewesen. Und jeder, der aus diesem Krieg kam, kam als ein anderer in eine Welt zurück, in der er sich nicht mehr zurechtfand, weil der Krieg unsichtbar weiterging, weil der Krieg längst Teil ihrer Körper, ihrer Köpfe war. Sie wurden von Abteilung zu Abteilung weitergereicht, aber der

Krieg wurde mitversetzt. Und irgendwann war er in so vielen Köpfen, Herzen, Hirnen, dass er plötzlich unter ihnen ausbrach, mitten auf der Straße. Die Amokläufer, die heiligen Krieger, die kleinen Kindern die Brust durchlöcherten für Gott und das Paradies, seinen Vorgeschmack aus hunderten Kameras, Mikrofonen, Reportern, Stimmen. Wie viele Menschen kann ein Einzelner in fünfzehn Minuten töten, fragte er sich? Warum bekam er Angst, wenn eine Frau ihn umarmte? Wenn sie ihre Arme, nachdem sie sich geliebt hatten, um ihn schlang, die Beine um seine Hüfte wand, ihr Gesicht fest auf seines presste. Warum hätte er nur denen die Liebe versprechen können, die gingen, wenn er vorgab, eingeschlafen zu sein, die die Tür hinter sich zuzogen und keine Adresse oder Telefonnummer zurückließen? Er konnte nur lieben, wen er suchte, konnte nur auf dem Weg lieben, im Unterwegssein. Warum hatten alle ihn halten wollen, bis auf sie? Warum hatten sie es nicht ausgehalten, dass er ohne Halt sein musste, um zu bleiben?
Er versuchte, sich selbst zur Ordnung zu rufen. Warum schweifte er ab zu sich, wenn er an diese Frau dachte? Er ließ das Band laufen: »Alle Männer sind gleich«, wie oft hatte er diesen Satz gehört? »Sie wollen dich verlassen, und du sollst ihnen die Tür öffnen. Ihnen die Wange streicheln, den Schal fester um den Hals ziehen gegen die kalten Fallwinde. Mit Fürsorge ihnen den Weg erklärst – aus deinen Armen in die Arme der Welt –, bevor ihr euch die Wangen wischt, als tränten sie, und schon mit dem Schließen der Tür zu lachen beginnt. Ein Lachen mit einem Anflug von Wehmut und Schmerz des Abschieds, denn die Füße vergessen schneller als die Lip-

pen. Sie bleiben dir länger treu. Treu bis zum nächsten Wort.
Verstehst du nun, warum ich nicht will, dass du sprichst? Es reicht, wenn ich spreche. Solange ich spreche, höre ich deinen Herzschlag nicht, nicht deine Lügen. Vielleicht lügst du auch nicht.«

Er kam nicht weiter. Der Tag würde sich durch die Fenster drängen und ihn auslachen für die Stunden ohne Schlaf, dafür, dass er den Schlaf mitnahm, Sandkörner der Nacht, die er aus seinen Augen rieb, wenn die Sonne ihm die Pupillen ausstach, ihre roten Kreise zog und er die Lider schloss. Er konnte einfach nicht auf einer Stelle sitzen, nicht liegen. Wenn er im Bett lag, lief er Marathon. Es war eine Strafe, neben ihm einschlafen zu müssen, weshalb er immer gewartet hatte, bis die Frau neben ihm fest schlief, bevor er es wagte, an Schlaf zu denken. Ja, er dachte ihn, er musste ihn denken. Schlaf war etwas Ausgedachtes. Er suchte ihn, wie er die Täter mit seinen Gedanken suchte. Aber meistens war es zu spät. Als Kind, hatten seine Eltern ihm erzählt, war er nur eingeschlafen, wenn sie ihn im Auto durch halb Paris gefahren hatten. Ja, er musste fahren, in Bewegung sein. Er steckte das Band ein, lief die zwanzig Treppen hinunter zur Tiefgarage, einsam mit seinem Atem, öffnete die Wagentür, verband das Diktiergerät mit seinen Kopfhörern und war ganz Ohr, was sie ihm erzählen würde – gesetzt, es würde sich so noch einmal erzählen lassen, was sie ihm bereits erzählt hatte. Aber diesmal würde er nicht in dem Verhörraum eingesperrt sitzen, sondern wäre unterwegs, würde die Gänge wechseln, Gas geben, bremsen,

durch die Kurven schlittern, würde durch diese schlafende, träumende Stadt rasen und mit seinem Auspuff ihre Träume verpesten. Er liebte es, wenn die Nacht nicht mehr Nacht und der Tag noch kein Tag war, durch die Stadt zu rasen. Das war sein Rendezvous mit Paris. Er fuhr einen gelben 76er Porsche, eine geschmacklose Farbe, die in den Augen quietschte, aber sonst hätte er ihn sich nicht leisten können. Er nannte ihn seinen »Le Lou«, eine lächerliche Angewohnheit. Schon als Kind hatte er seinen Spielzeugautos Namen gegeben, sie bis zum Anschlag aufgezogen und sie gegen die Wand oder die Knöchel der Freundinnen seiner Mutter sausen lassen. Autos und Frauen, das gehörte für ihn zusammen. Vielleicht würde er im Auto seine alte Zauberin verstehen.
Er stellte sie auf volle Lautstärke in seinem Kopf, lauter als sein Motor, lauter als die Stadt. Die Tauben flogen auf, als er sie mit seinem gelben Scheinwerferlicht aufspießte. Nur hier spürte er einen Hauch von Zärtlichkeit in sich, wenn er das Leder des Lenkrads umspielte. Und er fuhr mit einem Hauch von Leichtsinn zu schnell. Jetzt war er an der Peripherie. Gleich würde er an der Port Dauphine aus dem Tunnel hochschießen. Liegt denn die Wahrheit auf der Straße, fragte er sich nicht zum ersten Mal und hätte es zu gern bejaht. Was erzählte sie ihm da?
»Was hast du gesucht – Wahrheit!? –, als du in dem Hauseingang standest? Als ich an dir vorbeiging? Als ich durch den Rauch deiner Zigarette ging, mein Gesicht aus den Augenwinkeln in den Reflexen deiner Brille sah? Als ich deine Schritte mir folgen hörte? Du hast gewartet, bis ich am Ende der Straße war und zurückblickte. Leicht und edel setzte ich wie eine Statue das Bein. Und du

trankst im Krampf wie ein Verrückter aus meinem Auge – einem fahlen, unwetterschwangereren Himmel – die Süße, die betört, die tötet.
Ich habe mit dir gespielt. Während du mir folgtest, folgte ich dir. Mein Haar der Strom, auf dem deine Gedanken fließen, der dich zu den Klippen führt, hinaus zu den Rändern der Stadt, wo die Straßen langsamer atmen.
Zu den Raucherlungen der Hochöfen, den Trichtern aus Ruß, den Salzlagern. Wir beide allein in dem Schacht, in den Befeuerungsgängen, an den Wänden des Schornsteins. Ich hinter zerbrochenen Scheiben, mit Scherben in den Staub schreibend. Du immer einen Atemzug hinter mir. Du wusstest längst, dass ich weiß, dass du in meiner Nähe bist. Ich im Aufzug des Gasometers, in der Schwärze, im Licht, nach oben steigend, Meter für Meter. Auf dich hinabblickend, bis du nicht mehr größer warst als ein Schwein, ein Wurm, ein Insekt, eine Erinnerung, und du nicht mehr von dem Schwarz der Bleiplatten unterscheidbar warst.
Ich griff durch die Gitter auf der Empore neben dem Fahrstuhl, ließ einen Ohrring fallen und zählte stumm die Unendlichkeiten, bis er neben dir detonierte, der Schall sich an den Wänden in seinen Wellen in der Enge überschlug und zurückkam zu mir, näher kam zu mir, vor dir bei mir war. Wie das Bersten eines Schiffes an meinen Felsen.
Dann stieg ich über die Leitern auf das Dach, wie ein Raubtier durch die Gittergänge unter dem Himmel. Wie sie alles, was unter der Erde lag, an den Tag gebracht haben. Wie die Unterwelt oben liegt, die Toten durch die Milchglasscheiben blicken, sich in die Schatten der Eilen-

den zwängen. Wie sie singen im Regen. Wie sie als Gras auf den Müllbergen wachsen und die Götter sich in den Autos zu Würfeln pressen lassen. Du wolltest zu den Flüssen der Toten. Sie halten sich an den Händen. Das ist ihr Fluss. Der Schaum auf deinen Lippen.
Jetzt bist du da. Wir beide allein auf diesem Dach. In den Gängen einander umzirkelnd. Ich zeige dir mein Gesicht nicht. Ich warte, bis du vor mir stehst. Gleich bist du da, deine Haut tätowiert von den Eissplittern des Windes. Deine Augen bewegungslos, als lägen sie in getrockneter Luft. Und ich? Ich drehe mich um und gehe an dir vorbei. Die Tür des Fahrstuhls schließt sich vor dir.
Du wirst mich tagelang suchen, bis ich dich finde.
Alle Männer sind austauschbar. Nur ein Schatten, der über deine Haut flieht. Du musst immer schneller sein als ihre Fluchtgedanken und vor ihnen gehen. Die Geschwindigkeit deines Abschieds lässt ihre Schatten hinter dir, und sie werden dir folgen, an deinen Schulterblättern hängen wie ein verkümmertes Paar Flügel.«

Er war die Abfahrt hinauf zur Avenue Foch geschossen, die den Schlaf des Großbürgertums mit Bäumen vor dem Verkehrslärm schützt, wie sein Freund Michel ihm geraten hatte, als er ihm das erste Mal von seinen frühmorgendlichen Irrfahrten um das Herz der Stadt und durch es hindurch erzählt hatte. Er vermisste seinen Freund. Der Krebs hatte ihn überfallen, war ihm wie eine Kugel aus dem Hinterhalt in den Rücken geschossen; wie ein Dumdumgeschoss hatte der Krebs in seinem Körper gewütet. Anders hätte der Tod ihn nie besiegen können. Er hatte ihn nicht besiegt. Michel lebte weiter. In seinen Worten, in den Herzen der anderen, wenn sie aus der Brust herausschlugen und die Sehnsucht sich bis zum Horizont wagte mit den Fingerspitzen, die alle Taubheit der Tage verloren. Er war wie eine Blutzufuhr in dieser blutleeren Zeit gewesen; er schrieb den Treibstoff für unsere Träume, den die bis auf die letzte Träne leeren Augen gierig tankten. Er war wie kein anderer ein Liebender gewesen. Und wie Olivier ein Schlafloser. Er hatte immer gesagt, er könne ja schlafen, wenn er tot sei. Schlief er jetzt? Olivier konnte es sich nicht vorstellen. Er war oft nachts zu ihm gekommen, wenn er die Augen nicht geschlossen hatte halten können, wenn es ihm zu eng in seinen Träumen geworden war.

Jede Nacht saß Michel in einem Kellerkino. Der Besitzer hatte ihm den Schlüssel gegeben, und so konnte er Nacht für Nacht die Rollen seiner liebsten Filme einlegen. Und während er sie mit seinem Herzen sah, schrieb er mit, verwandelte die Bilder in Worte, die beim Lesen wieder neue Bilder schufen, einen Film, der nur in seinem Buch existierte, einen Film, an dem er Nacht für Nacht weiterschrieb und den er seine »Metamorphosen« nannte. Wenn Olivier zu ihm kam, glaubte er, dass all die toten Schauspieler seiner Filme, die Regisseure mit ihm dort im Kino saßen und schauten und nur verschwanden, wenn ein Fremder den Saal betrat oder das Licht angeschaltet wurde. Sicher saß Jean-Pierre Melville in der Reihe hinter ihm und klopfte ihm auf die Schulter, wenn ein Wort, das Michel schrieb, präzise genug war und so zu Melvilles Moral passte. Dann rückte er seinen Cowboyhut zurecht und lächelte hinter seiner schwarzen Sonnenbrille, die Hände wie zum Gebet gefaltet. Wenn Olivier nicht weiterwusste in seinen Fällen, ging er zu Michel, schilderte ihm, was ihn umtrieb, wo er hing, wo seine Gedanken blockierten, wo der Film gerissen war, in dem er die Tat zu rekonstruieren suchte. Michel hörte ihm zu, und seine Gedanken rauchten Kette, während er nur ein paar Züge machte. Dann spielte er Olivier Szenen aus Filmen vor, Dialoge, zeigte ihm Gegenstände im Schatten, Lichtwechsel, das Unsichtbare hinter dem Offensichtlichen, das Übersehene. Beim Verlassen des Kinos war Olivier jedes Mal glücklich wie ein Kind nach einem Fußballspiel im Regen.

Ja, er vermisste ihn. Welchen Filmausschnitt hätte er gezeigt, wenn er ihm das Band der Alten vorgespielt hätte? Er rauchte jetzt auch, während die Stadt hinter den Schwaden verschwand. Er wollte duschen, sobald er zurück wäre, kalt duschen. So kalt, dass es wehtat.

Er spulte zurück. »Lässt du mir ein Bad ein«, flüsterte sie ihm ins Ohr, »und bläst dein Schiffchen auf die Inseln meiner Brüste zu, die du unter dem Schaum nur ahnen kannst?
Wie meine Küsten hinter dem Nebel, die dichten Waldungen, die Tropfsteingrotten, die Abhänge, auf denen meine Kräuter wachsen.
Das Wasser macht mich jung. Ich liege in meinem Bad und blicke über die Dächer in einen tieferen Himmel, sehe die baufälligen Fassaden, die dunklen Fenster vor den Jalousien, hinter denen sich die Unzucht versteckt, die Männer ihre Frauen betrügen. Sehe, wie sie vor den Türen stehen, nervös an ihren Zigaretten ziehen, noch

schnell einen Gruß senden, eine Ausrede, Orte erfinden – verspätete Flugzeuge, unerwartete Freunde, Zufälle für die Fallwinde ihrer Leidenschaft – und dann ihre Telefone abschalten: momentan nicht erreichbar, Verbindung unterbrochen, Akku leer. Der Strom nur in ihren hektischen Küssen. Sie lieben in den Zeitfenstern, zwischen den Zeilen ihrer Terminkalender, in den Echoräumen ihrer Lügen. Es muss schnell gehen, wenn sie die Unendlichkeit ihrer Liebe vortäuschen, die Ewigkeit ihrer Versprechen. Und während du sie umarmst, während du denkst – nein: fühlst –, ihr ward eins, ein Körper, ein Ineinanderfließen und Weiterfließen, schauen sie schon – noch immer in dir – auf die Uhr neben dem Bett. Die leuchtenden Ziffern. Sie kennen keine Traurigkeit nach der Liebe. Nur ihr Gewissen, das sie gehen lässt, nachdem sie gekommen sind. Es kommt immer später, als sie selbst. Eine U-Bahn später, steht im Stau, hat den Treppenaufgang nicht gefunden, steckt im Aufzug, wartet vor der Tür, findet seine Zigaretten nicht. Alles an ihnen schrumpft, wenn sie gehen, verschwinden.
Wie erleichtert sie sind, wenn sie früher aus dem Haus sind, als sie dachten. Früher zu Hause, an der Tür, mit einem frischgewaschenen Lächeln. Oder sie laufen noch ein paar Straßenzüge weiter, rufen ihre Freunde an. Es ist nichts geschehen, aber alles vergangen.
Doch wenn sie bei mir waren, sind ihre Rücken zerkratzt, kannst du auf ihnen die Routen ihrer Schiffe lesen, sind ihre Hälse schwarz wie das Meer nach dem Untergang der Sonne. Nein, das erste Mal bin ich zart wie eine Brise, ein Hauch auf ihren Lippen. Übertreffe ihre Ungeduld mit Ungeduld, lasse ihnen das Wasser ein, streife ihre Hem-

den glatt, sage ihnen, ich hätte nicht viel Zeit – ruf mich nicht an, ich melde mich bei dir –, und verfolge sie auf ihren Wegen durch die Stadt zurück ins Büro. Stehe hinter ihnen auf den Gleisen zu den Vorortzügen, kaufe die gleichen Blumen, die sie kaufen, verstreue sie in meinem Bad, Blüte für Blüte der Rosen, der roten Rosen.
Leg dich auf den Boden, damit ich meine Füße auf deinem Rücken trocknen kann, wenn ich aus meinem Bad steige, jung wie deine Phantasie und alt wie deine Angst im nächsten Augenblick.
Ich wollte euch nie verzaubern, sondern verzaubert werden.«

Er musste unterbrechen, ließ den Motor aufheulen, als schreie er selbst auf. Als wäre auf seiner Seele V12 eingraviert, sein Leben eine Gangschaltung, könnte er seine Worte wie Reifen quietschen lassen, wenn ihm wieder einmal nichts als Schweigen blieb. Er starrte auf den Asphalt, der ihn wie in einem Sog zu beschleunigen schien, er fuhr sich in Trance, drückte das Gaspedal immer tiefer, er musste die Geschwindigkeit spüren, in den Schläfen, den Armen, in seinem Magen. Jetzt jagte er hinauf zum Arc de Triomphe, wo die letzten Nachtschwärmer über die Straße wankten, raste die Champs-Élysées hinab zum Concorde. Er hatte sich abgewöhnt, die roten Ampeln zu zählen, die er überfuhr. Gefahr in Verzug, er war im Dienst. Warum regnete es nicht?

»Ich bade sehr gern, hörst du mir noch zu?« Sein Trommelfell vibrierte. »Es erinnert mich an das Bad, das ich Skylla bereitete. Welch erfrischende und belebende Wirkung mein Badezusatz doch hatte.« Er musste anhalten. Suchte im Handschuhfach nach einer neuen Schachtel Zigaretten.

»Glaukus kam zu mir. Ein Schwächling wie du, aber schön wie eine Täuschung des Lichts. Fiebernd vor Sehnsucht nach ihr. Wie Wellen umspielten die Muskeln seinen Körper, und ich wollte seinem Schiff ein Meer sein, sonnenüberflutet, bevor die Wogen uns fortreißen in den Sturm. Doch ihn reizte nicht der Zauber meiner Augen, sondern er suchte mit meinem Zauber die Augen einer andren zu verführen. Als könnte ich in sie tauchen, bevor er in ihren Körper taucht. Als könnte mein Trank sie trunken machen nach ihm. Dabei war ich es, die meine Lippen nach den seinen netzte, war ich es, die nach seinen Berührungen dürstete wie das Brachland nach Regen. Ich konnte jeden haben, aber ich wollte ihn. Seine Segel drehten von ihren Ufern den meinen zu. Wollte ihn nicht hörig, sondern ihn erhören.

Hätte er mich geliebt, hätte er ihre Schmähung bestraft, indem er mich beglückte, und wäre zurückgeblieben: ein kalter Stein im Schatten der Wälder, den das Moos bewächst. Aber er begehrte nur sie und nicht mich. Fast hätte ich ihn verwandelt in das hässlichste Tier, doch er war zu schön, um wie ein Wurm auf der Erde zu kriechen. Welche Verschwendung wär's gewesen. Gibt es doch so wenig, was die Sinne fühlbar macht, dem Leben und der Liebe.

Verstehst du, was ich dir damit erzählen will? Frag mich nie, für dich eine andre zu gewinnen!

Ich hüllte mich in ein schwarzes Gewand und suchte Skylla das Becken, in das sie ihr Becken tauchte. Eng ver-

lor sich ein Busen in schweifendes Felsengewinde: Skyllas liebliche Ruhe, wohin vor den Gluten des Himmels und des Meeres sie entwich, wenn die Sonne in der Mitte des Umlaufs machtvoll schien, von dem Scheitel die kürzesten Schatten erstreckend. Dort pflegte sie zu baden. Dort mischte ich mein Gift unter den Schaum. Und Skylla kam und tauchte in die Flut, bis zur Mitte des Bauches, als sie geschändet den Schoß von bellenden Ungeheuern schaute. Erst nicht glaubend dem eigenen Leib, bebt sie zurück und verscheucht mit Entsetzen das schamlos grinsende Kötergewühl. Doch sie schleppt, was sie flieht, mit sich selber; suchend den Wuchs der Hüften, der Schenkel hinab und der Füße, findet sie Zerberusrachen umher. Und auf rasendem Scheusal steht sie. Unten hervor arbeitende Rücken der Beller sind im verstümmelten Schoß und geblähten Bauch verhaftet. Oberhalb ihrer Scham ließ ich sie schön.
Sie sieht, Tag für Tag, was sie verlor – dass, wer sie sieht, sie begehrt, und findet, sich ihr nähernd, nur die Mäuler der Hunde, die nach ihm schnappen. Sie hat Glaukus, der zwischen ihre Schenkel gleiten wollte als ein sanfter, zarter Wind, behandelt wie einen räudigen Hund. So sind ihre Schenkel jetzt räudige Hunde und ihr Geschlecht der Schaum auf ihren Lefzen.
Du glaubst mir nicht? Warum weiten sich dann deine Pupillen vor Angst? Nein, diese Zeiten sind vorbei, mein Lieber. So einfach ist es nicht, mein kleiner, ängstlicher Schatz.
Die böse Hexe bin ich nicht. Die ist nur hier in deinem schönen, wirren Kopf, hinter der blassen Stirn. Aber es wäre bequem, nicht?«

War sie eine Serienkillerin oder eine Irre oder eine irre Serienkillerin? War die Antike ihr Zeichensystem? Über den Quai des Tuileries beschleunigte er durch den Jardin du Carrousel im Hof des Louvre, ohne links oder rechts zu schauen, Richtung Opéra. Ja, die große Oper. Sie war eine Operndiva. Sie sprach eigentlich nicht, sie sang, und er hörte die Geigen, und am Ende das Requiem, wenn sie die Toten, von denen sie sprach, finden würden jenseits des Orchestergrabens. Die Ampel stand wieder auf Rot. Was sollte er tun?

»Du wärst so ohne jede Verantwortung für dein Tun, deine Lust, den Betrug, die Lügen. Seit du mich liebst, ist sie hässlich, deine Frau. Und du fürchtest dich, mit ihr zu schlafen, wie vor dem Hund des Nachbarn, wenn du nachts lautlos den Schlüssel ins Türschloss gleiten lässt und er das Haus aus dem Schlaf kläfft. Wenn du sie berührst, ihr den Rock von den Hüften streifst, denkst du an ihn. Sein schwarzes Fell, die Zähne, die nach dir schnappen, die hechelnde Zunge voller Speichel. Das bin nicht ich. In deinen Händen die Angst. Du träumst von mir, wenn du sie lieben willst, um zu vergessen, dass du sie liebst. Und weil du uns beide liebst, betrügst du uns beide mit einer Dritten. Einem jungen Mädchen mit einem Körper ohne Geschichte, ohne die Fragen, die mit der Enttäuschung kommen, und die Schatten, die von innen aus der Haut wachsen.«

Immer sprach sie von Betrug. Machte ihn direkt verantwortlich. Als hätte er sie betrogen, als kennte sie ihn. Als gehörte er zu der großen Zahl der Männer, von denen sie sich betrogen glaubte. Als sei er deren Widergänger. Sollte er das nicht ausnutzen, fragte er sich, und sich zum Lockvogel aufbauen. Wenn er für sie Odysseus wäre, müsste sie ihn zu töten versuchen. »Weißt du, was meine Schwester, die Frau des Minos, mit seinen Geliebten machte, als er sie dauernd betrog? Was sabberst du so?«

»Ja, das ist eine schöne Geschichte, ganz für dich geschaffen. Lässt sie euch doch ungeschoren, denn ihr mögt es, wenn die Frauen sich wegen euch gegenseitig die Schminke aus dem Gesicht kratzen, sich in den Haaren liegen, giften, schlagen, perfide vernichten mit einem Augenaufschlag, einem Nebensatz, einem wie zufälligen Wort, das euern Blick auf die andere verstümmelt. Schau, der aufbrechende Nagellack, und dort die Zeichnung der Adern unter ihren Strümpfen. Das sind doch Krampfadern. Und diese Haare unter den Achseln. Sie rasiert sich nicht mal. Diese Farben gehen nicht zusammen. Welche Falten das wirft, das Kleid. Wie unvorteilhaft. Die Arme, wie sieht die denn aus? Verdient die ihr Geld vor den Toiletten? Und die Orangenhaut. Hatte sie nicht ein Verhältnis mit diesem Typen, der jetzt – du weißt schon ... degoutant. Diese Wimpern sind doch falsch, oder? Wie eine Nutte.

Am liebsten ist euch, wenn wir auf der Straße stehen und uns die Absätze in die Bauchnabel bohren.«

Er holte tief Luft. Er war auf die Gegenbahn ausgewichen, Augen zu und durch, rasendes Roulette, vorbei an den Galeries Lafayette zur Trinité und dann weiter zum Pigalle. Jede neue Straße war ein Lauf an seiner Schläfe, sie wurden enger, die Müllabfuhr ist unterwegs, kann aus jeder Gasse kommen, Lieferwagen, alte Frauen mit Hunden, Jogger, er hatte scharf abbremsen müssen, hupen, eine Frau mit vom Schrecken aufgerissenen Augen drückte sich an die Hauswand, Nötigung, eine Nutte fluchte ihm hinterher, ein Betrunkener hatte seine Flasche fallen lassen und stand in seinem Rotwein, inmitten von Scherben. Jetzt fuhr er links den Boulevard de Clichy hinauf. Er musste sich konzentrieren. Auf was? Auf was nicht? Auf was stärker?

»Hör zu, was meine Schwester Pasiphae tat mit den Gespielinnen des Minos, ihres Mannes, die nie länger seine Geliebten waren als eine Nacht. Denn vergoss er seinen Samen in sie, und schrien sie auf vor Lust, war ihr Schreien bald ein Schreien vor Schmerz. Denn der Samen des Minos wurde in ihrem Unterleib zu einem Schwarm aus giftigen Schlangen, Skorpionen und Tausendfüßlern, die ihre Eingeweide zerfraßen.

Er hätte ja nicht kommen müssen, wirst du sagen, wenn er es wusste.

Es war ihm egal. Und das Problem gelöst, wenn seine Lust gestillt war. So hatten beide ihren Spaß und ihren Gewinn. Meine Schwester und er. Die fordernde Geliebte war tot, somit die Nebenbuhlerin aus der Welt. Keine Fragen mehr. Und vielleicht beobachtete meine Schwester sogar das Liebesspiel der beiden und die Todesqualen der Verführten danach. Vielleicht konnten meine Schwester und Minos sogar nur miteinander schlafen, wenn sie zusah, wie die Nebenbuhlerin den Krieg in ihrem Körper verlor.

Nur eine, die den Minos begehrte, war schlauer als die-

ses mörderische Paar. Sie kam zu mir und bat mich um den Gegenzauber. Ich gab ihn ihr mit einem Lachen. Du weißt ja, wie Schwestern sich lieben und sich den Schweiß der Männer gönnen in ihrem Haar.
Prokris hieß sie, die Kluge. Ein zartes Mädchen – und ist noch immer schön wie eine Knospe im Frühling.
Sie hätte Minos die Kehle aufschneiden sollen, als er kam. Es steigert die Lust, wenn man keine Luft bekommt. Du kennst das ja, mein Schatz.«

Er zögerte, schwankte, riss den Wagen im letzten Moment nach rechts, Place Blanche. Ja doch, zum Friedhof, rechts in die Rue Coulaincourt, die in einem Bogen zum Montmartre führt. Wollte er wirklich zum Friedhof? Was sollte das, war er nicht mehr bei Sinnen? Er stieg in die Bremsen, er machte Fehler, er war in die falsche Richtung unterwegs; war er auch bei ihr auf der falschen Spur? Er umkrallte das Lenkrad, U-Turn in die Avenue Junot, er umrundete den Hügel nochmals, dann in die Rue Norvins und über den Place du Tertre. Wo wollte er hin? Nach Sacre Coeur? Dort weiter vorne sah er eine Frau, wie sie in aller Langsamkeit die Straße überquerte. Er schnellte auf sie zu. War sie das? Halluzinierte er? Wenn sie jetzt nicht schneller ging, geriet er in Panik, den Fuß knapp über dem Bremspedal. Halluzinierte er? So wie damals, als er den Schuss abbekommen hatte?

»Was soll die Gewalt? Das ewige Verwandeln?« Es passte nicht zueinander, er bildete sich ein, auf sie, die dort über die Straße ging, zuzujagen, und zugleich sprach sie zu ihm, lag sie ihm im Ohr. »Es langweilt mich, ich bin

beinahe paranoid, weiß schon nicht mehr, wen ich zu was verzaubert habe. Halt an und hör mir zu. Hilf mir. Ist der Stuhl, auf dem ich sitze, etwa der Rücken von Jean? Und der Fußabstreifer, hat er nicht die Farbe von ... wie peinlich. Mir fällt sein Name nicht mehr ein. Auf jeden Fall hat sein Holz nicht die Farbe seines Haars.«
Die Frau war weg. War sie in die Gasse gegenüber verschwunden? Oder hatte er sie sich wirklich nur eingebildet?
»War nicht dieser Flecken auf meinem Bettvorleger der Wirbel auf seinem Hinterkopf, wenn er nervös seine Ausreden erfand, als er seine Socken suchte? Und mein Anrufbeantworter, hat er nicht die rauh-reife Stimme Victors, you got no messages left, und dort ... du kannst ihn durch mein Fenster sehen.« Er kam zu Füßen der Basilika oberhalb der Treppen zu stehen. Holte Luft. »Ja, dort, der hässliche Spatz auf dem dürren Baum hinter der Parkbank. Hörst du es nicht? Sein panisches Pochen. Ist – ich frage mich –, ist es nicht Picus?« Eine junge, atemberaubend hübsche blonde Frau stieg die Treppe hinauf. Wollte sie zu ihm ins Auto? Er öffnete gerade die Tür, als ein junger Mann an seiner Kühlerhaube vorbei auf sie zutrat.

»Dieser nichtsnutzige Saturnsohn, dessen Anmut mich blendete.« Er hatte aufgehört, sich über ihre Einsätze zu wundern, nahm ihren Kommentar zu allem, was er gerade sah, widerstandslos hin, ließ die verschiedenen Wirklichkeiten einander durchdringen. Vielleicht fand er so die Wahrheit heraus. Er beobachtete das Paar, wie es sich umarmte, fast provozierend küsste, hörte das laute

Lachen der jungen Frau, die zwischen den Küssen auf ihren Freund einredete, als müsse sie ihm ihr ganzes Leben oder auch nur die letzte Viertelstunde ihm erzählen. »Ich war fast besinnungslos, aber er hatte ein Ohr nur für das Jaulen dieser Hündin. Canens war ihr dreckiger Name. Für ihn war es Gesang, das Krächzen ihrer Stimme. Und er fing zu schwärmen an, als er von ihrem Singen erzählte. Soll ich es vormachen?«
Olivier stieg aus, den Knopf noch im Ohr, das Diktiergerät in der Hand.
»Es hört sich so an:
Felsen und Wälder folgten dem Hall und besänftigtes Wild. Die langschlängelnden Ströme hemmten den Lauf, und im Fluge verweilten streifende Vögel.
Wie pathetisch Männer sind, wenn sie lieben. Weil sie nicht das lieben können, was ist, sondern nur, was sie wünschen. Und die Wünsche in ihren Augen altern schneller als die Frauen, denen sie gelten.«
Er folgte dem Paar zu einem Café, setzte sich an dessen äußersten Rand, blickte wie abwesend über die Stadt und immer wieder zu den beiden, als hätte sie sich indessen aus seinem Kopf davongemacht und an den Tisch dort gesetzt.
»Du glaubst es nicht, was Picus mir wagte, ins Gesicht zu sagen:
›Wer du auch seist, nicht deiner bin ich. Eine andere hält mich und soll mich halten. Ein langes Leben, das fleh' ich.‹
Ich habe sein Flehen erhört, ihn in einen Specht verwandelt. Das ist wirklich nett von mir, nicht? Ich habe den beiden nur die Ernüchterung erspart. Denn wer weiß

nicht, wie kurz so ein Leben ist, wenn es versprochen ist mit Ewigkeit. Natürlich haben sich alle mächtig aufgeregt.
Laut stöhnte die Erde. In der Nähe erblassten die Bäume. Rings auch troffen die Kräuter, gesprengt mit blutigen Tropfen, und es erhub das Gestein, so schien's, dumpfbrüllende Laute und ein Gebell wie der Hund. Es wühlten schwärzliche Nattern durch das Gefild, und der kleine Picus hackte mit seinem Schnabel wütend auf die Äste ein.
Er sah lustig aus in seinem purpurroten Gefieder. Heute laufen sie so auf der Straße herum. Ich war schon immer meiner Zeit voraus. Die kleine Canens hat es nicht überlebt. Sie ist vor Gram verreckt.«

Er beobachtete, wie das Paar sich unvermittelt zu streiten anfing. Sie schüttete ihm den Kaffee auf die Brust, er erstarrte. Olivier spannte seinen ganzen Körper an, als könnte der junge Mann im nächsten Moment das Messer aus der Orange ziehen, die er gerade teilte, und ihr ins Herz stoßen. Aber er stand nur auf, legte die Serviette auf den Tisch, holte einen Schein aus dem Geldbeutel, überhörte die Schreie der Frau, platzierte den Schein auf dem Tisch und ging, obwohl sie verzweifelt versuchte, ihn am Arm festzuhalten. Die junge Frau brach zusammen, sie wand sich unter Heulkrämpfen, heulte die Schönheit aus ihrem Gesicht, drehte die Fußspitzen nach innen, warf sich kopfüber auf den Tisch, und die Tränen erstickten sie fast. Sollte er zu ihr gehen, sie trösten, sich Olivier? Und er sah, dass der Garçon bereitstand, sie vor ihm zu schützen, vor einem, der ihr Elend ausnüt-

zen wollte, der ihr den Arm auf die Schulter legen würde, um ihn ihr später unter den Rock zu schieben. Er würde Olivier nicht an den Tisch lassen, ihn vielmehr abfangen oder selbst zu ihr gehen. Sicher war er all das Liebesleid gewohnt, das die Paare hier überfiel, weil sie sich an diesem Ort nichts anderes als das Glück, die Liebe ihres Lebens erwartet hatten. Dennoch war es für Olivier unerklärlich, wie man eine solche Frau einfach sitzenlassen konnte. Was machte schon das bisschen längst erkalteter Kaffee auf dem Hemd. Wäre er cool geblieben, hätte er die Orange darüber ausgedrückt und sich das Hemd dann rahmen lassen. Aber irgendetwas schien passiert zu sein. Er hatte die Stimme im Ohr überblendet mit seinen Gedanken, ihr nicht mehr zugehört, nur Bruchstücke. Jetzt zwang er sich, wieder zurückzufinden.
»Schade«, war das erste Wort, dem er wieder ganz seine Aufmerksamkeit schenkte, wobei er die Frau im Blick behielt. »Heute wäre ich ihre Freundin. Wir säßen abends auf der Couch, schauten fern. Sie würde sich ihre süßen wulstigen Lippen mit Pralinen verschmieren und sich die Chipskrümel vom Kleid streichen. Und wir würden über dich reden, und vor allem über Gesichtscreme, über deinen Körper, Laufmaschen, Nagellack, und darüber, wie du im Bett bist: zu schnell. Wir würden uns fragen, warum dein Stöhnen so spät kommt, erzählen von den Palmen deiner Hände, wie du deine Hose über den Stuhl legst und ja, deinen Geruch am Ende der Nacht. Wir würden reden und reden, über die Stadt und den Sex. Über das, was wir an euch lieben und was wir hassen an euch. Darüber, dass du so anders bist und doch wie alle andern, wenn du gehst. Deine Ausreden und Lügen. Wie schlecht

du lügst. Immer eine Täuschung, gerade wenn du dein Innerstes aufdeckst. Und meine neue kleine Freundin, sie würde mir glauben, weil ich über Männer rede – ganz allgemein – und sie das alles auf dich bezieht. Und ganz schleichend wird mein Bild von dir so das ihre, und sie macht dir die Hölle heiß durch ihre Fragen, ihren Verdacht, ihr Misstrauen, ihre neuen Ideen und Ansichten. Sie ist plötzlich so anstrengend, wirst du zu deinen Freunden sagen, wie ausgetauscht.
Und während du dir den Kopf zerbrichst und Angst bekommst, gehen wir einkaufen, verändern ihren Haarschnitt. Du musst dir die Haare schneiden lassen, meine Schöne, rate ich ihr. Das wird die feinen Züge deines Gesichts betonen, die Sinnlichkeit deiner Wangenknochen. Du musst ihn überraschen. Entschuldige, aber langes blondes Haar, meine Süße – du willst doch keine Männerphantasie sein, oder? Das ist es doch. Er sieht nur dein langes blondes Haar. Seine Begierde nimmt nichts anderes wahr. Nein. Sei, wie du bist, dann wirst du sehen, was er an dir begehrt: dich oder dein langes, fallendes, über deinen langen Rücken fallendes langes blondes Haar? Lass mich noch einmal über dein Haar streichen, und dann lässt du es dir schneiden. Ja, rot stünde dir gut. Kurze rote Haare.« Er stellte sich vor, die junge blonde Frau würde ihre blonden Haare wie eine Perücke vom Kopf reißen und darunter hätte sie kurze, rote Haare.
»Ich gehe mit deiner Kleinen einkaufen, wir geben dein Geld aus. Und ganz verzückt werde ich über den letzten Plunder sagen: Ach Schatz, wie fabelhaft dir das steht – diese fließenden Stoffe. Glaube mir, du musst wie ein Geheimnis sein, eine Vermutung. Wozu auf die Linie

achten? Du wirst noch magersüchtig, wenn du so weitermachst. Männer lieben runde Formen. Sie wollen etwas in der Hand haben, nicht einen Hauch, der ihnen aus den Händen gleitet. Sind dir die Strapse nicht unbequem – in dieser Kälte? Ich hatte neulich eine Blasenentzündung. Sehr unangenehm.«

Er fragte sich, wo sie den Mann kennengelernt hatte. Ob er ein Tourist war, ein Durchreisender. Einer, der nicht hatte bleiben wollen.

»Schau, dieser Typ dort drüben, am Tisch im hinteren Eck, wie er dich anlächelt. Ich habe es dir doch gesagt. Es wirkt. Dass du gar nicht merkst, wie ihre Blicke dich verfolgen, ihre Köpfe sich auf der Straße nach dir umdrehen.« Was passierte jetzt? Eine Frau setzte sich zu ihr. Hatte sie telefoniert? Hatte er das übersehen? Sie war älter, vielleicht zwanzig Jahre, obwohl sie sich so jung wie die andere kleidete. Sie strich ihr zärtlich über den Kopf, über das blonde Haar, war mit den Lippen jetzt ganz nah an ihrem Ohr. Als die junge Frau den Kopf hob, wischte sie ihr die Tränen mit der Serviette aus dem Gesicht und bestellte Champagner für sie beide. »Ich sage immer, ein Mann ist einer zu viel oder einer zu wenig. Ich setze sie mir wie ein Puzzle zusammen: die Armbeuge von diesem, das Nasenbein von jenem. Und dazu die schweren Hände des Spaniers, sein fester Griff, aber nicht ohne die Zärtlichkeit des schüchternen Tankwarts, der abends noch die Schule besucht. Seine dünnen, blassen Arme, wenn er die Scheiben wischt und mir dabei in die Augen blickt, während das Wasser rinnt und rinnt, bevor er es mit dem weichen Gummi in Bahnen zieht, wie eine Liebeserklärung. Seine Lust. Und dann ist mir

wieder nach dem Verstehen des Verstehers oder dem bösen Witz des Klugen mit den tiefen Augenringen. Seine zynischen Küsse. Selbst mit seinen Küssen spricht er. Nicht zu verachten ist auch der kleine Dicke, der mich beim Tanzen über das Parkett wirbelt und seinen Bauch an mich presst für Sekunden. Danach reines Schweben. Wie leicht wir sind. Ganz anders ist das bei dem Brutalen mit dem kantigen Gesicht, den ich zum Weinen bringe. Dabei denke ich an den Zarten, der mich schlagen will, oder den, der die schönen Hemden trägt. Ich schlafe mit ihm nur, wenn er sein Hemd anbehält. Wenn ich die Knöpfe auf meiner Brust spüre, das Atmen des Stoffes, den Schweiß, der durch ihn bricht. Manche Männer sind nur mit einem Filter zu ertragen.«
Er brach den Filter seiner Zigarette ab, gab dem Garçon ein Zeichen für den nächsten Kaffee. Sollte er sich einen Cognac gönnen, Champagner mit den Frauen trinken aus der Ferne? Er hatte den Tag noch nicht begrüßt, die Nacht steckte fest in seinen Gelenken und entzündete sich. Der Schmerz kam zurück. Es gelang ihm nie lange, ihn zu betäuben. Warum passierte es immer nur in Filmen, dass eine Frau aus dem Nichts sich dem Mann, der gerade mit dem Leben abschließen will, gegenüber auf den Stuhl setzte und um Feuer bat, mit dem Finger auf seinen Handrücken tippte? Warum träumte er überhaupt davon, er wollte doch nach Hause? Er machte dem Garçon ein Zeichen, um zu zahlen.
»Habe ich dir schon von dem erzählt, dem ich nur gegenüber sitze, ohne ein Wort an ihn zu richten? Nur die Augen, nur die Blicke. Wir sitzen, und nichts geschieht. Und alles geschieht. Wir könnten uns berühren. Immer könn-

ten wir uns berühren. Alles wäre möglich, aber nichts geschieht. Ich gehe, er bleibt sitzen, mit nichts als der Möglichkeit, die in seinen Händen weiter pulsiert.« Er legte das Geld auf den Teller, hatte kein Lust, auf das Wechselgeld zu warten, und sah das üppige Trinkgeld als Opfergabe, mit dem er die Götter bestach, damit dieser Tag nicht ebenso in der Katastrophe endete wie die Tage davor. Ein letztes Mal blickte er zu der jungen Frau, vielleicht in der Hoffnung, sie würde seinen Blick erwidern, den Schwelbrand seiner ziellosen Sehnsucht. Vielleicht stand sie auf und ging mit ihm, er würde die Beifahrertür öffnen, und sie würden losfahren, ohne Ziel. Aber die Ältere versperrte mit ihrem Rücken seinem Blick das Ziel. »Du nimmst dir etwas, wenn du dir nicht alle nimmst, meine Kleine. Zumindest musst du wissen, was du auslassen willst, was du nicht wieder willst, was du wie nichts anderes willst. Willst du abhängig sein von der Phantasie eines Einzelnen? Nur eine Sprache sprechen, nur ein Land sehen? Die immergleichen Straßen, Cafés, Hauseingänge, Autositze? Aufwachen und im Bad die gleiche Zahnbürste sehen? Die ewig gleichen Worte hören, für das ewig gleiche Ziel? Nur auf das Vertraute vertrauen? Nein, mein Schätzchen, dafür bist du zu jung. Aber ich will dich nicht beeinflussen. Oh mein Gott, was für ein schlechter Einfluss ich doch bin.
Noch eine Praline? Sind sie nicht köstlich? Nein, höre besser nicht auf mich. Ich bin eine alte, verbitterte Frau. Bei dir kann ja alles anders sein. Was maße ich mir an? Entschuldige. Wie, du meinst, nein, ich hätte recht? Du würdest ihn plötzlich mit meinen Augen sehen? Es habe sich alles so verändert. So schleichend verändert. Nein,

daran sei ich nicht schuld. Ich müsse mir keine Vorwürfe machen. Mach dir keine Vorwürfe, sagt sie mir, und ich bin ganz untröstlich. Ich wollte doch nicht euer junges Glück ... und: Er ist doch zumindest auf dem Photo ein schöner Mann ... Nein? Vielleicht sollten wir einmal etwas zusammen unternehmen, zu dritt? Frage ihn, erzähl ihm von mir. Oder vielleicht besser nicht. Wollte er je deine Freundinnen kennenlernen? Nein? Warum nicht?« Das Band war abgelaufen. Er musste die Kassette umdrehen. Was sollte er jetzt machen? Aufs Revier fahren? Nach Hause und versuchen, noch etwas zu schlafen? Mit Tabletten zu schlafen? Oder sollte er durch den Louvre rennen, sich eine Maschine mieten und durch den Triumphbogen fliegen. Was also? Noch immer hatte er die Lösung nicht gefunden, war nicht einmal einen Schritt weitergekommen. All seine Tricks, all seine Ticks hatten versagt. Er stand vor einem unlösbaren Rätsel. Also drehte er die Kassette um und legte sie erneut ein, kurz bevor er losfuhr, ohne Ziel. Einfach fahren, aber dieses Mal langsam, so langsam, dass es ihn quälte. »Die Kleine wird mir völlig verfallen. Und dann schlafe ich mit ihr, und ihren Körper verzaubere ich, dass jeder Mann seinen Zauber für immer verliert, wenn er sie berührt. Du siehst, es ist ganz einfach. Es braucht keine Hunde, die aus den Hüften wachsen. Nur etwas Zeit und Freundschaft.«

»Hast du nicht auch Hunger?« Ja, er hatte Hunger, warum hatte er in dem Café nicht gefrühstückt?

»Ich werde ganz hungrig, wenn ich über die Liebe rede. Wovon sonst? Du hast noch nie einen Satz gesagt, der mich berührt. Wenn du mein Liebhaber sein willst, musst du dich selbst vergessen und dich durch mich ersetzen. Wenn du mich liebst, wie du dich selbst liebst, gehöre ich dir. Wenn du, statt über dich zu sprechen, meine Haut zum Sprechen bringst, wirst du ein Glühen in meinen Augen sehen, das dir verrät: Es gibt nur noch dich. Keinen Gedanken, keine Angst. Keine Grenzen, die nicht zwischen uns verschwinden würden. Hast du keinen Mut zum Glück? Wenn du dich hingibst, gibst du nichts von dir her. Du bleibst du. Lass dich von mir neu erfinden. Erfinde mich neu.«

»Warum muss man euch immerzu sagen, was ihr tun sollt?« Die Aufzeichnung brach jäh ab. Sag es mir, brüllte er in den Rückspiegel, los, sag mir, was ich tun soll. Er schloss die Augen und setzte zum Überholen an.

III

étranger
Fremd

»Unter der Erde liegen die Toten, über der Erde stehen die Lebenden, und wir sind die Arschlöcher, die dazwischen rumwuseln«, hatte ihn sein Chef angeschrien. »Ich dachte, es gibt eine klare Regel: Arschlöcher verarschen keine Arschlöcher.« Olivier hatte sich durch seine Eigenmächtigkeiten immer stärker isoliert, verlor seine letzten Gefährten, vereinzelte und vereinsamte, brach ohne Angabe von Gründen Vereinbarungen, die unausgesprochen golten und ihre Regel waren. Es war ihm egal. Er würde den Weg nach Hause finden, auch wenn er dafür Umwege einschlagen, über noch mehr Leichen steigen und noch öfter die transparenten Plastikhandschuhe überstreifen musste. Wie durch eine Plastikschicht fühlte er sich von allem abgetrennt. Nichts, was er anfasste, ging ihm unter die Haut. Allein die Alte interessierte ihn noch. An ihr entschied sich, wie es weiterging für ihn, sagte er sich. Und es gab Licht. Endlich Licht.
Letzte Nacht hatte er das erste Mal seit ... nein, er konnte sich nicht erinnern, wie lange es her war. Er hatte geschlafen, tief geschlafen, er war am Küchentisch eingeschlafen, schrie beim Erwachen vor Schmerzen auf, alles hatte sich verspannt, seine Halswirbel hatten sich wie ein Notenschlüssel verkrümmt, aber er spürte eine ungeheure Erleichterung und lachte den Schmerz weg, streckte sich gegen den Schmerz, ging zum Fenster, öffnete es, atmete, begrüßte die Sonne wie einen verloren geglaubten Freund, der zurückgekommen ist, als ob die

Jahre dazwischen nur eine Zigarettenlänge gewesen wären.
Er hatte geträumt, er sei in die Gerichtsmedizin gegangen, habe vor der silbern glänzenden, metallenen Wand mit den Griffen zum Hervorholen der eingefrorenen Leichen gestanden, den Toten der letzten Tage. Er hatte irgendein Zahlenspiel im Kopf durchgespielt – oder vielleicht war es auch ein Abzählreim aus Kindertagen –, und dann hatte er eines der Fächer geöffnet: Er sah einen blonden Mann, vergiftet. Daraufhin hatte er die Alte in die Morgue bestellt und ihr den Toten gezeigt. Sie hatte ihn geküsst, ihm das Haar aus der Stirn gestrichen, ihm ins Ohr geflüstert: »Du läufst nicht mehr davon, nie mehr verlässt du mich.« Nachdem er sie hatte abführen lassen, überfiel ihn ein seltsames Gefühl. Panisch hatte er alle Fächer geöffnet, und in allen lagen blonde Männer, die sich auf den ersten Blick glichen. Dann war er aufgeschreckt, aber sofort wieder in den Schlaf zurückgefallen, einen tieferen als je zuvor.
Sein Chef würde ihn suspendieren, wenn er es ihm erzählte: Trotzdem ging er später im Büro sofort die Kartei durch, ob in den letzten Tagen ein blonder Mann tot aufgefunden worden war. Als er fündig wurde, durchzuckte es ihn, er glaubte, den Mann aus seinem Traum wiederzuerkennen. War er kurz vorm Verrücktwerden, drehte er durch? Er schob die Angst vom Tisch, löste das Photo aus der Akte und bestellte die alte Frau in den Verhörraum. Nein, nicht in den, in dem sie die letzten Male gesessen hatten. Es gab einen ganz oben unter dem Dach, der sogar ein Fenster hatte. Sie benutzten ihn selten, denn er eignete sich weniger dazu, Druck aufzu-

bauen, die Wände näher kommen zu lassen, die Verhörten auf sich selbst zurückzuschleudern.
Als sie saß, kam er kurz in den Raum, grüßte nicht, sprach kein Wort, legte nur das Photo vor sie auf den Tisch, drückte auf das Aufnahmegerät, blickte sie an und ließ sie allein. Es war ein strahlender Morgen. Auf dem Innenhof ging ein Polizeiwagen in die Luft, das Revier war in Alarm versetzt, alles lief durcheinander, Sirenen heulten. Von Olivier prallte alles ab. Er stand hinter dem Spiegel und beobachtete, wie sie mit dem Photo sprach, es mit ihren zittrigen Fingern streichelte.
»Was geschieht dort draußen? Hast du das gehört? Dieses Geräusch? Eine Explosion. War das nicht ein Knall? Das Bersten von Scheiben? Oder ist es nur dein Atem, das letzte Beschleunigen deines Atems vor der Ruhe?« Sie blickte zum Spiegel. »Du wirst mich nicht um das Nachspiel betrügen. Es regnet. Regnet es nicht? Warum hast du mich nie angerufen? Du bist ein Schwein. Und ich bin schuld. Das denkst du, nicht? War das Odysseus in der Metro-Station? Der Penner in dem gelben, abgeschabten Mantel, der einst die Farbe der Sonne hatte und nun grau ist – wie die Stoppeln seines Barts auf den eingefallenen Wangen. Der sich aus der Menge löste, zurückblieb im Strom. Das hinkende Bein, die ungelenken Bewegungen, die Plastiktüte mit dem Segelschiff. Er wäre so gerne barfuß gegangen, hätte einer Frau ins Ohr geflüstert. Er saß auf der Bank und wartete, war müde. Die Augen fielen ihm zu von der Geschwindigkeit der Vorbeieilenden, die alle ein Ziel hatten, das ihm verloren schien.
Aus dem Tunnel drang das Flehen eines Saxophons. Das

goldene Blech, auf dem nervöse Finger phantasierten von einer Harmonie der Herzschläge im Treiben der Menschen. Der Gesang der Sirenen. Auf dem Weg zu den Zügen in die Vorstädte: der böse Blick eines alten Mannes, als er seine Schultern berührte. Die Einsamkeit vor den Worten, die Enttäuschung nach ihnen. Wie er mit seinen noch immer schönen, sorgsam gepflegten Händen aus Wind über die Glasscheibe strich, das Netz der Orte zu entziffern, die farbigen Striche und Knoten, die Arterien der Stadt, ihre entzündeten Bauchhöhlen.
Und keiner wollte ihn reden hören. Er sprach in seinen Bart, ließ sich in den Zug drängen, willenlos. Vor allem Bewegung. Die Faust im Haltegriff. Das Schwanken im Stehen, wie auf den Planken seines Schiffs. Er hat seinen Namen vergessen – dass er tot ist, dass nur ich ihn sehen kann, dass ich ihn auf den falschen Weg gebracht hatte, dass er niemals mehr aus dem Totenreich kam. Nur seine Erzählung, die für ihn weiterlebte.
Er wird nie die Schächte verlassen, bevor die Züge auftauchen. Ins Licht, in den Tag steigt er aus, verwirrt, ängstlich, doch im nächsten Moment hart im Blick. Ein Wollen, das seine Muskeln strafft unter dem Mantel. Wer hat ihm diese Turnschuhe gekauft? Mit Streifen statt Flügeln, mit Sohlen, so weit vom Boden entfernt.
Ich habe ihn geliebt. Er war es nicht.
Ich sehe ihn immer wieder in der Telefonzelle. Sehe ihn, wie er die Avocados an dem Stand des Arabers mit seinem großen Daumen drückt und ihm unverständliche Worte zuflüstert; in einer Sprache sich mit ihm verschwört, die nur er versteht. Wenn er mit den kleinen Jungs auf den Bordsteinen sitzt und ihren Ball festhält, damit sie

ihm zuhören und seine Finger mit ihren Augen verfolgen, wie sie Seerouten durch die Pfützen ziehen. Wenn er ihnen die Schnürbänder mit Segelknoten bindet und dann im Regen allein auf der Straße steht und zum Himmel blickt. Sehnsüchtig nach Weite, gegen die Enge des Blicks, zwischen den Häusern und ihren Niederlagen, den schnellen Abenteuern ohne Erinnerung.
Nie erkennt er mich. Doch er sitzt an dem Tisch im Freien, und bevor er den Wein trinkt, kippt er einen Schluck auf den Boden, damit er nicht alleine trinkt. Manchmal setzt sich ein Zyklop zu ihm und lässt ihn reden, während er ihm, ohne dass er es merkt, den Pastis leert, die Frites vom Teller stiehlt. Man sieht sie kaum zwischen seinen grobschlächtigen Händen verschwinden, zwischen den Lippen aus Salzkrusten. Am liebsten isst er Muscheln. Er isst sie, als legte er sie an sein Ohr, und ist auf dem Meer, den Wellen, in den Winden. Beim Schlucken schließt er die Augen, und wenn er sie öffnet, erschrickt er.
Ich kenne seine Wege. Er gibt sich solche Mühe, sich zu verlaufen. Die jungen Touristinnen lachen über ihn und wollen ihm Geld geben. Er hat Geld genug. Nur ist es ihm nichts wert. Die Schätze warten unter Wasser, versunken. Und das Wasser in seinem Körper wird immer weniger. Das Salz. Er wird ein Mensch wie all die anderen und gewöhnt sich an die Schwäche. Sie steht ihm gut. Er braucht keine Listen mehr. Niemand will etwas von ihm. Er will in den Menschenströmen untergehen, als einer von ihnen auf einer Rolltreppe stehen und zur Sonne aufsteigen.
Wenn ich mit dir fertig bin, werde ich ihn suchen und ansprechen, und wir werden eine neue Reise beginnen.«

Olivier betrat den Verhörraum, zog die Vorhänge auf, öffnete das Fenster. Es regnete. Schwarze Wolken. Auf dem Hof herrschte noch das Chaos, allgemeine Hektik, Feuerwehrsirenen, Ansagen, das Gebäude zu räumen. Bombenalarm, dachte er. Falscher Alarm, musste er sich nicht einmal beruhigen. Und wenn schon, es war ihm gleichgültig, sollten sie doch alle in die Luft fliegen. Wer war schon unschuldig? Hinter der Wolkenfront und der Gewitterangriffswelle zeichnete sich ein blauer Himmel ab. Die Sonne würde wiederkommen, der Dreck weggefegt werden. In ein paar Stunden war nichts mehr zu sehen. Es roch nach verbranntem Gummi. Er setzte sich Circe – warum sollte er sie nicht Circe nennen? – gegenüber. Er hatte sich vorgenommen, weiter zu schweigen. Ein falsches Wort, und sie würden aus ihrer Welt fallen, und alles wäre vorbei. Er bot ihr eine Gitanes an. Sie nahm sie. Er gab ihr Feuer. Wieder wirkte sie um Jahre jünger.

»Unseren Sohn«, sie inhalierte, als zöge sie alle Gewitterwolken vor dem Fenster mit der Zigarette in ihre Lungen, blies ihm den Rauch ins Gesicht, »er hätte ihn nicht töten dürfen.« Olivier unterdrückte jede Reaktion. Er hatte sich Teilnahmslosigkeit antrainiert, nahm die aberwitzigsten Wendungen und Beichten wie Schläge hin, die er nur zuließ, um danach umso unerbittlicher zurückzuschlagen. »Das wird Sie überraschen. Ja, ich habe einen Sohn mit ihm, dem Griechen.« Sie beugte sich über das Mikrofon. »Ich gebe alles zu. Sogar das. Sie müssen mich nicht länger fragen. Aber Sie fragen ja gar nicht, nur mit Ihren Blicken. Wozu auch lange fragen? Ich bin schuld.« Sie sprach überdeutlich. »Allein ich. Ich weiß nicht, wo er

ist, wo er sich versteckt hält. Eifersucht? Nein. Die Söhne sind die einzigen Männer, denen wir nicht widerstehen können. Nein, ich meine das nicht sexuell. Fragen Sie Ihre Mutter. Das Licht stört mich. Wir waren einfach zu fremd hier. Könnten Sie das Fenster ein wenig weiter öffnen?« Er ging zum Fenster, öffnete es gegen jede Regel ganz, und sie nahm sich, ohne zu fragen, eine weitere Zigarette aus seiner Schachtel, zündete sie an der vorigen an, wartete, bis er sich gesetzt hatte.
»Danke. Es wäre mir ein Leichtes, jetzt zu gehen, das alles hier anzuhalten, meine Zigarette auszudrücken, den Stuhl nach hinten zu schieben, das Band aus dem Deck zu nehmen und es um Ihren Finger zu wickeln. Sie sind ein sehr sinnlicher Mann. Sinnlich in Ihrem stummen Fragen. Sie können zuhören. Ich könnte aufstehen, die Tür öffnen, in aller Langsamkeit durch die bewegungslosen Menschen gleiten, durch die Korridore gleiten und ein wenig die Dinge verändern, bevor Sie aus meinem Zauber erwachen.
Sie werden sich umblicken, wenn ich längst verschwunden bin. In Ihren Augenwinkeln wird mein Bild brennen. Sie schließen die Akte. Ein Blatt Papier am Strand, das die Wellen lesen, damit die Geschichte neu beginnen kann. Ich muss mich an die Jahreszeiten gewöhnen, ihren Wechsel. Die Kälte heute ist eine Zumutung. Ob ich hierhin gehe oder dorthin – was für eine Rolle spielt es?
Ich würde gerne meinen Sohn anrufen, ihm sagen: Er ist nicht tot. Ich habe ihn gesehen. Es war ein andrer. Unser Sohn wird es nicht noch einmal versuchen. Ich verspreche es Ihnen. Ich werde seinen Vater finden und ihn retten durch meinen Zauber. Sei beruhigt.

Damit niemand dich erkennt, nicht einmal dein Sohn, lass ich dir schrumpfen die schöne Haut der geschmeidigen Glieder, tilge am Haupt die braunen Haare und lege einen Lumpen um dich, den gelben Mantel über deine Schultern, dass man mit Abscheu sieht den Mann, der ihn anhat. Und ich mache dir die Augen trüb, die früher so schönen, dass du unansehnlich erscheinst, deiner Frau und deinem Sohn.«

Olivier holte aus seiner Jackentasche ein Couvert. Er blätterte ein Photo nach dem anderen vor sie auf den Tisch.

»Ich weiß nicht, warum alle immer dachten, er hätte Locken. Im Traum erschien er mir nie mit Locken. Ich denke immer an ihn, wenn ich aufwache, aus dem Schlaf schrecke. Ich kann mich nie an meine Träume erinnern. Erinnern hieße, zurück in den Schlaf zu fallen und zu vergessen. Deshalb schlafen sie nicht. Immer wache ich auf, gegen fünf, in der bedrohlichsten Stunde, da man nicht mehr einschlafen kann, sondern nur die Albträume wiederholen, ins Leben. Ja, ich werde meine Träume leben. Die Träume, an die ich mich nicht erinnern kann. Ich bin in einem Traum. Bin ich im Leben Circe, oder ist es umgekehrt? Wechselt der Wind seine Richtung in meinem Atem, beim Schlafen? Ich weiß es nicht. Bin ich nur im Traum diese Frau, die um fünf Uhr morgens aufwacht, auf dem Rücken liegt und dann zwischen ihren Kissen schwimmt, in den Wellen des Lakens? Bei offenem Fenster, egal wie kalt es ist.

Aber der Schlaf kommt nicht zurück.«

»Doch er kommt zurück«, wollte Olivier einwerfen, aber er ließ sie weiterreden. »Der Schlaf ist wie er. Der Schlaf

ist wie du. Der Schlaf ist ein Mann. Er hüllt dich ein in Wonne und Vergessen, und dann entzieht er sich, quält dich mit seiner Abwesenheit. Du kämpfst um ihn, aber das macht alles nur schlimmer. Du windest dich, aber das schneidet dir Falten ins Gesicht. Du stellst dich unter die Dusche – heiß, kalt, heiß –, trinkst Tee, isst einen Apfel, läufst, konzentrierst dich auf deinen Körper, schluckst Tabletten, sprichst mit allen über den Schlaf, der dich verlassen hat und nur manchmal zurückkommt, auf ein paar Stunden, auf einen Augenblick. Und dann bringt er nicht einmal mehr die Träume mit, sondern nur den Alb, den Schrecken, den Abgrund, nachdem du dich fallen hast lassen in Wolken.
Ich warte auf meinem Bett, bis ich aufstehen kann. Bis die ersten Cafés öffnen. Die Kälte, die die Erinnerung erstarren lässt. Die trockene Hitze im Sommer, die schon zu früh aus dem aufgeplatzten Asphalt steigt. Die eisigen Morgen, an denen es noch schwarz vor den Augen ist, bei gestochener Luft – wenn die Lampen aufblitzen und die ersten Schlaflosen und die Trinker, die die Nacht noch nicht freigelassen hat, an der Bar stehen wie Verschwörer, Verbrecher –, geben einem die Illusion, der kommende Tag werde ein Abenteuer sein, wie es in meinem Buch steht. Doch er ist nur eine Wiederholung des Ausbleibens der Abenteuer, von denen du geträumt hast. Du musst selbst das Abenteuer sein, schrieb er. Ich bin es.«
Sie blätterte einige der Photos um, verschob sie, als spiele sie eine Patience, deren Regel nur sie kannte. »Wir müssen klarer sehen. Das ist es. Der Lift ist meine klarste Erinnerung. Als wir zusammen im Lift standen und uns

in dem Spiegel wieder berührten. Ich liebe diese Stadt, weil sie wie eine Berührung ist, die du nicht erwartest. Die Liebe zu einer Stadt ist oft eine heimliche Liebe.« Unterdrückte sie Tränen? Sie verbarg ihr Gesicht in den Händen. Olivier dachte an seine Fahrten im heranbrechenden Morgen. Ja, er liebte diese Stadt. Liebte selbst ihre Toten. Liebte die Seine, ihren Totenfluss, liebte die Buckligen unter den Kirchenglocken, die Geschichten; alle erzählten ihre Geschichten, Götter für eine Nacht, die sterblich wurden, sobald der Tag anbrach und sie gezwungen waren, den Stein in ihrem Herzen auf die Zunge zu rollen. Manchmal dachte er, Paris sei eine Insel am Rande der Welt. Jetzt sah er, dass sie Tränen in den Augen hatte. Er gab ihr ein Taschentuch. Sie lachte.

»Manche Städte gehen nicht leicht aus sich heraus und gefallen sich in ihrer Zurückhaltung. Nur die Städte, die am Meer liegen … Ich vermisse das Meer. Meine Insel, meine Stadt im Meer. Die Städte, die das Glück haben, am Meer zu liegen, öffnen sich dem Himmel wie eine Wunde oder wie ein Mund ganz langsam die Lippen. Das Meer an jeder Straßenecke, die Lichtfülle, die Schönheit der Menschen, ihre Sonnenhaut, das Hingegebensein ohne Scham. Du genießt sie, aber ihre Genüsse kennen keine Heilmittel gegen das Elend der Einsamkeit. Das Verlassensein, die Bitterkeit nach der Wahrheit, wenn du alt bist, inmitten des alterslosen Meeres, in das du dich retten musst, dich zu befreien, zu flüchten vor dem wilden Pulsschlag, den Augen und schwarz leuchtenden Pupillen der Jungen, die wie die Wellen kommen. Und deine Schwermut am Abend, wenn in ihren Körpern schon die Liebe wartet, während sie sich aus dir verabschie-

det.« Das kannte er doch, fieberhaft kramte Olivier in seinem Gedächtnis. Was für ein Spiel trieb sie? »Und dann sitzt du an den mit Wachstüchern bedeckten Tischen und weißt, dass das Wasser noch warm wie die Sonne ist und die Nacht dir wie ein Freund ein paar Jahre schenkt. Hier ist es leichter zu leben, weil es so schwer ist. Hier kann ich jung sein, wenn ich jung sein will.
Hast du mich gesehen, mit meiner Halskette aus Jasminblüten? In meinem schweißnassen, engen, blauen Kleid, nass von den Hüften bis zu den Beinen? Wie erbärmlich. Du reagierst sofort.« Hatte er das? Reflexartig zündete er sich eine Zigarette an. »Deine Sinne, deine Augen verraten dich. Ich trug nie ein blaues Kleid. Jasmin?! Bist du verrückt? Die Kräuterhexe mit den betörenden Düften. Lavendel.« Meinte sie ihn, sprach sie ihn an? Oder redete sie mit dem Photo? Olivier konnte ihren Blick nicht deuten, alles verschwamm vor seinen Augen. Sie brannten. Vielleicht sollte er das Fenster schließen. Der Blütenstaub. »Ihr lavendelfarbenes Haar. Öffne deine Augen. Was ist mit dir? Ich werde Ihnen meine Geschichte zu Ende erzählen. Wenn ich mir dir fertig bin, du Wurm, lebst du noch. Es ist gefährlich, ich weiß. Ich vergesse mich so leicht. Vergesse, dass dir das Blut staut, dass du keine Luft bekommst, dass deine Segel leblos baumeln im Wind.
Sie können mir vertrauen, ich kann das reflektieren. Es ist alles ein Mythos. Es sind Stimmen, die ihre Erzählung forterzählen in uns. In unseren Träumen, in den Händen, wenn sie schreiben und die ersten Spuren der Labyrinthe auf den Löschblättern ihrer Hefte nachziehen. Wenn sie das Ticket ins Drehkreuz schieben, sich festhalten an ei-

ner Schulter gegen das Fallen. Wenn sie aus der Schlaufe gleiten, sich in den Mantel graben, eine Nummer im Portemonnaie suchen. Sie aus dem Gedächtnis holen, in den Druck auf die Tasten.« Sie stand auf, wirkte plötzlich abwesend, in Trance. Spielte sie ihm das vor? »Bist du da? Heb ab. Ich seh das Licht in deinem Fenster. Bist du da? Manchmal habe ich die jähe Empfindung, aus der Gegenwart wegzugleiten in eine Zone, in der die Zeit stehengeblieben ist. Und ich fürchte, es nicht mehr zurück über die Grenze zu schaffen, wo das Leben weiterginge. Mir ist manchmal, als würde ich für immer die Gefangene dieser dunklen Straße, dieses Zimmers bleiben, in deinem Kopf. Die Telefonzelle, in der wir zusammen stehen. Jetzt, an manchen Tagen, warte ich drauf, einfach weggesaugt zu werden. Mitten aus den Menschen, hinein in eine andere Zeit, die noch nicht begonnen hat.
Wie schön, dass Sie auch hellen Tabak bevorzugen. Blondes. Wie das klingt. Als könnte man die Sonne zwischen seinen schlanken Fingern anzünden und für ein paar Minuten halten. Aber zuletzt bist du müde. Diese veraltete Welt, die Angst um Liebe schnürt dir die Kehle zu, als ob du nie mehr geliebt werden solltest. Und trinkst deinen Aperitif zwischen Unglücklichen, sitzt abends in einem großen Restaurant nahe der Tür, am Fenster, und beobachtest die Menschen, wie sie gemeinsam kommen und gemeinsam gehen. Und du möchtest ihnen wie ein Schatten folgen. Immer nahe dem Glück und unerreichbar fern zugleich.
Du bist allein, und bald wird es wieder Morgen. Der Morgen wartet auf dich zwischen den Straßen, um die Ecke. Die Sonne, sie stellt dir keine Fragen, nimmt dich

in den Arm, streift dir die Kleider von der Haut, umspült dich mit Wärme, nimmt dich mit in den Himmel.
Die Vögel finden ihren Weg in den Süden von selbst. Warum fällt es dir so schwer? Warum brauchst du einen Menschen an deiner Seite, der dir das Herz ausrichtet wie einen Kompass? Er zeigt nach Norden. Unter der Brücke fließt der Fluss. Du kennst ihn, kommst Tag für Tag an seine Ufer. Nacht für Nacht. Und doch ist er jedes Mal ein neuer, sind die Wasser, mit denen du sprachst, längst weiter geflossen, dem Meer zu. Ich treibe, treibe dahin. Als das Glas in meiner Hand zerbrach, klang es wie Gelächter.
Ich lache gerne. Wir sollten mehr zusammen lachen. Kann ich denn kein Lächeln auf dein Gesicht zaubern? Mir ist kalt. Hören Sie nicht, mir ist kalt. Ich friere. Träumen Sie?« Olivier schreckte hoch. Wo war er gewesen? Was passierte mit ihm? Ein Sanitäter beugte sich über ihn, legte zwei Platten auf seine Brust. Ihm war heiß. Was sah er? Seine Augen brannten immer stärker, als wären seine Pupillen zwei Sonnen, die in seinen Augenhöhlen untergingen. Er schluckte Blut. Stand auf, musste sich am Tisch kurz festhalten, wollte das Fenster schließen, dieses blitzende Blau jetzt. »Nein, schließen Sie das Fenster nicht, bitte. Ich ersticke sonst. Könnten Sie mir Ihre Jacke um die Schultern legen?« Er gehorchte wie von unsichtbaren Fäden geleitet. Eigentlich war er nicht hier, dachte er. Ich liege am Strand. Er ging um den Tisch. Stand jetzt hinter ihr. Zog seine Jacke aus, ließ sie auf ihre schmalen Schultern gleiten, beugte sich leicht vor. Die Brandung, dachte er, als sie aus ihren Haaren eine Nadel zog und in seine Brust stach. Er kippte vornüber

auf den Tisch, sein Gesicht knallte auf das einzige Photo, das nicht umgedreht lag. Das Meer, er hörte das Meer, das Meer in seinen Ohren, in seiner Brust die Brandung. Eine Insel. Ein Tisch.
Sie steckte die Nadel zurück in ihr Haar, drehte seinen Kopf, küsste ihn.
»Du liegst wie tot vor mir. Vor meinen Augen, hinter meiner Stirn, in den Schatten meiner Herzwände. An manchen Tagen gelingt es mir, das zerrissene Netz Masche um Masche zu flicken, als nähte ich Stern um Stern die Nacht wieder zu. Wo ist das Land, in dem die Ufer still sind, die Wege unbewegt?«

Sie fanden Olivier in seiner Wohnung. Sein Kopf lag in einem Buch auf dem Küchentisch, das zwischen den Zeilen mit Bleistift vollgeschrieben war. Das Blut in seinem Mundwinkel war getrocknet. Sein linkes Ohr war mit einem Diktiergerät verbunden, dessen Band blockierte. Die Arme waren ausgebreitet, als ruderten sie auf dem blauen Wachstuch. Im rechten Eck, nahe der Kante, wie eine Insel, ein Stapel weißer, ausgedrückter Schlaftablettenpackungen, daneben eine Packung Gitanes, stehend. Ein Glas Rotwein mit Lippenstift. Die dazugehörige Flasche auf der Theke. Eine Kaffeelache. Eine Kaffeetasse fehlte. Am Boden ein zerquetschter Pappbecher, wie man ihn aus Automaten zieht. Das Fenster war geöffnet. Ein Zitronenfalter flog von Oliviers Hinterkopf auf, als sie in die Küche gestürmt waren. Er verschwand durch das Fenster und war im Gegenlicht kaum mehr von der Sonne zu unterscheiden.

IV

lettre d'adieu
Abschiedsbrief

In meinem Zimmer stellen sie Blumen auf – in der Nähe des Spiegels. Ich bin zurück auf meiner Insel. Sie schließen die Tür jeden Tag um die gleiche Zeit. Sie haben uns vergessen. Weggesperrt, zwischen die Zeilen ihrer Erzählung, in die erstickende Welt. Doch jeder Mensch ist sein eigener Erzähler. Ich schreibe Dir diesen Brief, weil ich Dich im Schreiben näher denn je spüre. Du weißt, warum ich ihn zwischen die Zeilen dieses Buches schreibe. Du wirst ihn lesen. Wirst ihn finden.
Wir werden uns nie mehr verlassen, auch wenn wir uns nicht mehr im gleichen Licht sehen. Mit anderen Augen, anderen Händen. Ich sah Dich auf Terrassen laufen. Ich sah Dich kämpfen gegen den Wind. Frost blutete auf Deinen Lippen, und ich sah Dich zerbrechen. Du warst noch schöner als der Blitz, wenn er mit Deinem Blut das weiße Fenster rötet und ich auf den Boden spucke. Das ist unser Meer. Ich werde es ganz aus meinem Körper erschaffen, und der Wind wird stärker sein als alles Erinnern.
Ich habe Dich getötet. Ich musste Dich töten. Du hast nichts gespürt. Deine Lust war so stark in diesem Moment. Das Rudern Deiner brennenden Augen, das Spannen der Segel im Spiel Deiner Muskeln, Dein salziger Schweiß auf meinen Lippen. Du bist in meinen Armen eingeschlafen. Ich habe Dich in meine Arme gebettet für das Ende der Erzählung, damit Du nicht mehr umherirren musst, getrieben, ohne Ziel.

Doch sie haben mir Deine Geschichte aus den Armen gerissen, Deinen Kopf aus meinen Händen. Du wolltest bleiben, bei mir, aber der Fluss ihrer Worte spülte Dich fort und ließ Dich nicht mehr aus.
Ich musste Dich immer wieder töten. Du kannst doch nicht sterben. Es hat Dir nicht wehgetan. Du bist immer wieder aufgestanden, und ich habe Dich an der nächsten Ecke wiedergefunden. Du wolltest in meiner Nähe bleiben. Ich weiß es. Bist zu mir gekommen. Es war unser Spiel. Was immer sie auch sagen, was immer sie mir auch vorwerfen in ihren wirren Reden: Jedes Mal, wenn wir uns wieder sahen, sahst Du anders aus und warst wie verwandelt. Doch immer Du.
Ich habe Dich an Deinem Atem wiedererkannt, an Deinem Geruch, am Zittern Deiner Augenlider, dem Druck Deiner Lippen, Deinen Fingerkuppen, in denen ich all Deine Reisen lesen konnte. Die Wege, die immer wieder zu mir führen. Nun gehörst Du meiner Geschichte.
Siehst Du den Schmetterling dort am Fenster? Zwischen den Gitterstäben? Er flog aus Deinem Mund. Wie schön seine gelben Flügel leuchten. Im Sonnenlicht, vor dem Blau des Himmels. Ich bleibe ganz still und werde den Wind aus meinem Atem nehmen. Wie leicht er ist. Wie er auf den Wellen aus Luft gleitet. Ich werde mich nicht bewegen, bis er sich auf meine Lippen setzt. Dann ist es Zeit zu gehen. Da, er kommt!